2024 '작가'가 선정한

오늘의 시

최근 우리 시단에서 일어나는 '시적인 것'의 확산 과정에는 분명히 시라는 장르의 발전 양상이 다양하게 담겨 있다. 하지만 우리는 '시적인 것'의 범주들 가운데 일탈성이나 불온성은 오히려 줄어들고 있는 것이 아닌가 하는 느낌을 받기도 한다. 새로운 생각과 감각을 선사하면서 삶에 불온한 탄력을 주는 그러한 지향들은 줄어들고 오히려 세련된 비유나 감상 과잉의 서정성은 늘어나고 있는 불균형이 보이는 게 아닌가 하는 우려도 만만치 않은 것이다. 물론 자아와 세계의 관계를 가지고 서정시와 실험시로 나누는 분법은 이제 현실에 부합하지 않는다. 우리는 사실 그런 이분법적 담론을 많이 만들어왔다. 순수/참여도 만들어보았고, 민족문학/자유주의 문학 등도 꽤 오랜 시간 유효했다. 그것이 상투적이고 진부하기는 했지만 그 당시 부분적 실효성은 있었다. 하지만 이제 우리 시단을 선명하게 가르고 통합할 수 있는 통일된 기율들은 잘 보이지 않는다. 각개약진의 개별성이 훨씬 더 강해 보인다.

그럼에도 우리가 강렬하게 경험한 서정의 실례들은 서정의 구심과 원심을 동시에 고민하면서 그것을 보편화하려는 미학적 충동에서 생겨난 결실일 것이다. 이는 우리 시의 미적 완결성이 여전히 존재론적 해석과 전망을 통해 구현될 것이라는 경험적 신뢰에서 발원한 것이기도 하다. 우리는 의미 과잉을 경계하는 작법으로서, 그리고 상상적 능동성을 통해 현대인의 잃어버린 아우라를 되부르는 강력한 방법론으로서 서정성의 역할을 강하게 요청받을 때가 있는데, 이는 시간의 의미를 집중적으로 형상화하려는 집착으로 이어지기도 한다. 이러한 기억을 매개로 한 시간 형식이야말로 우리 시대의 가장 주류적인 서정의 원리가 되고 있다 할 것이다.

이러한 시기에 2024년 『'작가'가 선정한 오늘의 시』는, 지난 한 해 동안 역작을 남긴 시인들을 중심으로 하여 다시 한 번 시단의 조감도가 되기에 충분한 선집을 꾸렸다. 많은 동료들로부터 지지를 받은 시편들은 완결성과 개성을 아울러 갖춤으로써 우리 시대의 대표적 성과로 인정받게 될 것이다. 개별 시편 가운데는 하재연 시인의 「여름 판타지」가 가장 많은 추천을 받았다. 이 작품은 시간의 인과론적 질서로부터 자유로운 정조와 화법이 가볍고 경쾌하고 몽환적으로 펼쳐져 있다. 시간이 없는, 시간이 흐르지 않는 세계이기에 공간적 거리는 의미가 없다. 고전역학과 변별되는 양자 얽힘의 무한도약이 가능해지는 자리에서 펼쳐진 우리 시의 한 정점이 아닐 수 없다. 무한의 공간적 거리와 무관하게 상호 관계성을 지닌 대상과 상응하는 과정이 품은 유니크한 서정성도 놓칠 수 없을 것이다.

　이제 우리 시의 미래는, 언제나 그러했듯이, 언어를 통해 언어를 넘어서려는 열망이 있는 한 언제나 씌어지고 읽히고 소통되고 사람들의 체험 속에 굉장히 독자적이고 소중한 영역을 형성해갈 것이다. 다만 시 텍스트를 이해하고 준별하고 평가하는 비평적 안목의 세련화가 더없이 긴요하다는 점은 더없이 강조되어야 한다. 시는 아무튼 유용성과 영향력이라는 효용론적 사고의 저편에서 생성되는 만큼, 지금처럼 교환가치가 세상을 지배하고 있을 때, 그에 대한 유력한 항체로서 더없이 귀중한 역할을 할 것이다. 이 책이 이러한 지형과 지향을 경험하는 데 유용한 자료가 되기를 희망해본다.

2024 '오늘의 시' 기획위원회

목차

2024 '작가'가 선정한

오늘의 시

작가

権 박 김리윤 김보람 김소(
병무청_깨끗하게 씻은 추상_도시심리지도_우리의

나태주 나희덕 남현지 류미(
광안대교-예원에게_이올란타_하나의 문만 열린다면_실

박은정 박은지 박희정 서숙(
문진_아껴둔 기도_모닝페이지_국수를 삶는

염창권 유계영 유선철 육호(
지상에서의 증발_수염이 긴 쪽이 어른입니다_후회가 맹세에게_예배,

이병초 이상옥 이승은 이우(
훔쳐보기_'아를' 아닌 '빈롱'_포트레이트_누에보탱고_화병

임솔아 장재선 전수오 정용(
건너편_해인사에서 주식을_빛과 깃_페널틱킥_하루를 기다

최동호 최영효 하재연 허
솔방울 소리 천둥 치는 밤_아버지와 아들_여름 판타지_불타

언 김연덕 김이듬 김 현
_배낭_미지근한 폭포_여름 효과 음악_하얀 사슴

보영 문정희 박성민 박소란
_밤_서 있다 죽는 존재들_우기의 시인_숨_소지_병중에

미 송종찬 안도현 안희연
잣말을 하는 사람_새벽불빛_북천_긍휼의 뜻

근화 이남순 이민하 이병률
벗_늙은 호박_사랑의 역사_누가 내게 술 한잔을 사줘도 되냐고 물었어

재무 이토록 이희정 임성구
풍경_산을 오르다가_파란대문집_시계의 시간_팬텀 싱어

호승 주민현 채인숙 최광임
로_실패하는 농담_자와어를 쓰는 저녁_한밤의 소요

일표
이후

권박

병무청

불친절한
부지런히 불친절한
아름다운 것에는 더

경직되었습니다. 오른쪽 입술. 당겼습니다. 왼쪽 눈물. 왼쪽 콧물. 왼쪽 진물진물. 밀었습니다. 밀렸습니다. 눈. 감을 수 있습니까. 있겠습니까. 맞는 표정이 맞습니까. 찼습니다. 차디찼습니다. 그 쥐. 바닥에 그 쥐. 바닥에 그 쥐, 발로, 툭, 툭. 출구 쪽으로. 미끄러지듯. 지휘봉으로. 그 쥐. 맞습니다. 필요합니다. 그 개. 바닥에 그 개. 바닥에 그 개, 이빨이 상했습니다. 쉽게 부러지는 이빨. 세게 물고 늘어지는 개. 목줄을 쥔. 그 개. 밝혀줄 수 있습니까. 이빨로 만든 바닥입니다. 적극적으로 밝혀줄 수 있습니까. 바닥으로 만든 이빨입니다. 함께 적극적으로 밝혀줄 수 있습니까. 하얗게. 새하얗게. 번지는. 점. 혼탁합니다. 유지됩니다.

(맥 겨울)

시 작 노 트

서울 병무청과 멀지 않은 곳에서 살고 있다. "다음 정거장은 병무청입니다." 버스 안내방송을 들으면서 생각하곤 했다. 나는 왜 규율과 질서가 아름답지 않게 느껴지지 않는 걸까. 왜 그곳을 방문하는 사람들은 불친절을 토로하는 것일까.

권　박 2012년 《문학사상》 등단. 시집 『이해할 차례이다』 『아름답습니까』 『사랑과 시작』이 있음. 김수영문학상 수상. aroma-mean@hanmail.net

깨끗하게 씻은 추상

김리윤

추상은 꿈꿀 공간을 준다지만*
너는 구체적인 창문을 필요로 했다
꿈꿀 공간 말고
손에 잡히고 눈에 보이는
설명할 필요 없이
보여주면 그만인 그런 것
그런 창문을

원했다
시간을 잘게 부수어 눈을 위해 사용하기를

너는 추상에 짓눌리지 않기 위해 꿈꿀 공간에 잡아먹히지 않기 위해 꿈을 꾸느라 피로에 전 채 탁한 눈으로 나를 보는 사람이 되지는 않기 위해 혼곤한 잠에 취할 수 있을 정도의 꿈꿀 공간만을 남겨놓기 위해 창문을 필요로 했고 추상이 필요한 순간이면 창밖을 흐릿한 배경으로 만들 사물을, 창문 앞에 두고 아주 오랫동안 잘 바라보기 위해 애쓸 만한 개체를 필요로 했다 가까운 곳에서 눈을 떼지 않고 볼 만한 움직임을 가진 것 계속 헝클어지는 가장자리를 가진 것 시선을 잡아채는 방식으로 운동하는 테두리 가장자리 바깥의 모든 것을 추상으로 바꿔버릴 수 있는 덩어리를

그러니까 손 같은 것 조그맣고 가늘고 제멋대로 움직이는 것 젖을 수 있고 다시 마를 수 있고 젖었다 마르는 동안 손상되지 않는 것 보고 있으면 무슨 의지 같은 것이 있으리라 짐작하게 되는 것

변화하는 표면을 가진 것 깨끗하게 복원되는 표면을 가진 것 다른 물질에 기민하게 반응하는 것 보지 못한 세부가 남겨져 있을 거라는 느낌을 거듭 주는 것 네가 아는 무엇보다 구체적인 것 거의 모든 것에 대한 구체성처럼 움직이는 것 물의 부드러운 투명함을 깨지는 물질의 속성으로 다시 빚는, 그러니까 손 같은 것

  씻은 손의 물기들은 순간을 더 작은 순간으로 쪼개며 구체성에서 달아난다
  시간을 잘게 부수며 몸에 서린 광택이 된다

  누구라도 창문을 필요로 하게 되는 날씨가 창밖에 있다
  창문은 손상을 통해 벽을 증언한다

  주변을 흡수하는 빛
  풍경을 모아두는 초소형 사물로서의 물방울이
  너의 손끝에 있다

  꿈꿀 공간이 우리를 짓누른다면 잠들 수 없을 거야
  흐르고 떨어지는 동안만 가능해지는 추상
  순간을 전제로만 가능한 선명함
  눈앞의 손을 보는 동안
  흐릿한 배경에 불과해지는 바깥

얼버무려진 것의 아름다움
딱 그만큼의 추상이 우리를 잠들게 한다
우리를 껴안게 한다
서로에게 아무렇게나 기대어 시간을 바라보게 한다

구멍을 수선하는 일이 유리만이 가질 수 있는 재능이라면
창문은 수선된 손상이고 바깥과 결탁한 구멍이다
물방울은 외부의 풍경을 요약한다
손가락은 물이 방향을 가질 수 있도록 한다

부드러운 테두리를 넘어 다니며
부드러운 움직임을 배우며
일시적인 요약을 깨뜨리는 손

안팎이 맺은 관계란 얼마나 연약한 것인지
얼마나 밀접한 거리인지
우리는 다 보이는 채로만 아늑함을 느낄 수 있었지
유리로 만든 동굴 안에 앉아
겁에 질리지 않고 표면에 기댄 채
오랫동안 다른 표면을 볼 수 있었지

기억은 표면을 사랑하기 때문에
얼굴은 추상이 되지 못한다

너는 새 손과 함께 있고
물기의 차가움을 분명하게 느낀다
씻은 손의 물기가 창밖에 관여한다
창밖은 흘러간다

*데이비드 린치의 인터뷰에서

(현대문학 9월)

시 작 노 트

창문은 빛을 위한 구멍인가, 풍경을 위한 액자인가, 벽의 존재를 증언하
는 사물인가. 벽의 입장에서 창문은 손상일 것이다. 건물의 입장에서 창문
은 수선된 손상일 것이다. 안쪽의 입장에서 창문은 장면을 만드는 프레임
일 것이다. 창문의 입장에서 먼지는 시간과 바깥의 증명일 것이다. 눈의 입
장에서 먼지 긴 창문은 추상을 위한 도구일 것이다. 매일 다른 날씨를 내
가 속한 안쪽의 외피로 만들어주는, 날씨의 매일 다른 세부를 흐릿한 추상
으로 만들어주는, 먼지를 위한 표면이 되어주는, 날씨의 해상도를 끌어내
리는 창문 앞에서 매일 손을 씻었다. 같은 창문 앞에서 같은 손을 씻는 일
을 반복하는 동안 날씨는 비정형의 패턴을 이루고, 빛은 어수선하게 몰려
다니며 시간을 통과하고 있었다. 먼지와 습기가 유리의 표면에서 뒤엉키
며 시간을 증언하고 있었다. 손을 씻기는 동안, 씻긴 손을 보는 동안 창문
과 창밖은 점점 더 구체성을 분실하며 추상이 되어가고 있었다. 손에 매
달린 물기의 테두리는 너무 선명해서 깨질 것 같았다. 구를 이루는 물기의
내부로 바깥의 날씨가, 날씨를 동반한 풍경이 요약되고 있었다. 물방울은
중력을 좋아하는 성질을 가졌으므로 풍경은 일시적이었다. 찰나 안에서
선명했다. 창밖은 흘러가고 있었다.

김 리 윤 2019년《문학과사회》신인문학상을 통해 활동 시작. 시집 『투명도 혼합 공간』
이 있음. 문지문학상 수상. *indexoflight@gmail.com*

도시 심리지도

김보람

고층 빌딩에 불시착한 비행기 조종사처럼

칼날 같은 달을 품고 공중을 헤엄칩니다

심해의 잠수부 되어
바닥에 내려앉죠

오늘의 고독은 뭉개진 얼굴입니다

고여 있는 울음이 거센 물살을 품었죠

더 많이 얼룩진 쪽을
우리는 잘 압니다

여러 겹의 불면증이 도시의 편집점

절벽이 절벽의 출구가 될 때까지

파도는 부서지면서
회복을 꿈꿉니다

(가히 봄)

시 작 노 트

   밤하늘을 가리는 콘크리트 숲, 끊임없이 흐르는 인파의 물결 속에서 홀로 빛나는 네온사인은 고독한 별처럼 깜빡입니다. 도시는 화려한 가면을 쓰고 있지만, 우리는 나침반 없는 배처럼 표류하고 있습니다.

김 보 람 2008년 중앙신인문학상 당선. 시집『모든 날의 이튿날』『괜히 그린 얼굴』『이를테면 모르는 사람』, 연구서『현대시조와 리듬』이 있음. *polaris6131@hanmail.net*

우리의 활동

나는 네 흉터를 오래 바라보았다
충분히 아물었지만 조금 더 진전이 있어야 할 것 같은 둥근 영역

정확히 그 흉터가 있는 위치에 타투를 새긴 사람이 있었기에
나는 그 사람의 이야기를 꺼내며
마주 앉은 시간을 열었다

전과 편육, 냉채와 절편을 사이에 두고
내 앞에 놓인 뭇국에 숟가락을 넣는다

좀 어떠하냐고,
모든 게 나쁘다고,
모든 게 다 좋다는 말보다는 낫다고,

무슨 묵념을 그리 오래 했느냐는 질문에
하늘에서 너를 안전하게 지켜달라 빌었다고 답했는데
적의는 전혀 없었으나 행여나 적의로 읽을까 봐 버릇처럼 말끝
을 흐렸다

매사에 입술을 열 때마다 애를 써야 한다
선의와 호의를 두 배 세 배 열 배로 담기 위해서
그래야 마음이 조금이나마 전해지니까

슬픔을 나누기 위해서 달려왔으나

우리가 나누는 것은 축복일지도 몰랐다
설사 간간이 울먹인다 해도

우리는 띄엄띄엄 대화를 잇는다
너의 뒤쪽에 앉은 사람들이 차례차례 사라진다
윤곽만 겨우 남은 지난 일화가 손끝에 잡혔다가 바스라져간다

지금 생각하면 그런 일들은 그저 그런 일이었다고
이제는 설령 천사와 싸우게 된다 해도
감당할 수 있다고

테이블 위에 놓인 빈 그릇들 사이가 척력으로
멀리 저 멀리 밀려 나가는 것을 내려다보면서

나는 너를 좋아하고 있다
튼튼하고 둥근 올가미를 두 손에 들고서
검고 깊은 볼모로서

(현대시 6월)

시 작 노 트

누군가의 죽음이 우리에게 건네는 이야기를 이따금 쓰게 된다. 죽음으로부터 비롯되고 생성되는 것이 파문처럼 내 몸에게로 온다. 죽음을 끝이라고 믿어온 오랜 편협이 고개를 수그리고 삭아저내리는 것을 내가 반길 수 있을 때에야 나는 내가 조금은 마음에 든다.

김 소 연 1993년《현대시사상》에 「우리는 찬양한다」 등을 발표하며 작품활동 시작. 시집 『극에 달하다』 『빛들의 피곤이 밤을 끌어당긴다』 『눈물이라는 뼈』 『수학자의 아침』 『i에게』 『촉진하는 밤』 등이 있음. *catjuice@empas.com*

배낭

그 안에는 시집이 들어 있었다. 명료한 의식도 들어 있었다. 쓰러
지는 사람도 들어 있었고 똑똑히 확인할 수 없는 사람도 들어 있었
다. 육체와 다름없는 영혼이 들어 있었고 영혼과 다름없는 죽음이
들어 있었다. 실제로 움직이고 있었다. 하나의 장기가 파괴되고 있
었고 두 개의 장기도 파괴되고 있었고 세 개의 장기부터는 나도 모
르는 일이 벌어지고 있었다. 누군가 나를 쿡 찌르는 사태가 벌어지
고 있었다. 거기 뭐가 들었습니까? 엄청나게 큰 일은 아닙니다. 소
소하게 작은 일도 못 됩니다. 다만 나도 모르는 일이 들어 있고 당
신은 그걸 꺼내서 소리 내어 읽는다.

(유심 가을)

시 작 노 트

어찌해도 내가 나를 잘 모르겠을 때, 타인은 말할 것도 없고, 나 역시도 그 안이 훤히 들여다보이다가도 어느 순간 도무지 뭐가 들었는지 짐작조차 하기 힘들 때 떠올리는 것. 상자 같은 것. 검은 봉지 같은 것. 혹은 여행 갈 때 말고는 거들떠보지도 않는 커다란 배낭 같은 것. 작은 배낭이라도 상관없는 것. 아무튼 그 안에 뭐가 들었는지 궁금하다가도 궁금해하다가 마는 것. 그럼에도 뭐가 들었을까? 궁금해하면 어김없이 입을 다무는 것. 표정을 감추는 것. 속을 숨기는 것. 그것이 배낭이고 봉지이고 상자 같은 것이라면, 차라리 소지품이나 내장 같은 것 말고 시 같은 것이나 들었다고 가정하자. 그럼 좀 멋있어지는가? 아니다, 그렇지 않다. 속을 까뒤집어 다 보여주는데도 여전히 모르겠는 것이 안에 들었을 때, 그걸 시라고 하자. 안에 든 것이 다 보이는 와중에도 다시 안 보이는 것, 잘 모르겠는 것, 어두침침한 것을 다시 시라고 하자. 누구나 아는 말로 누구나 알아듣는 목소리로 읽어주는데도 여전히 모르겠는 것. 다 아는데 더 모르겠는 것. 그걸 시라고 하자. 사람이나 동물이나 하등 다를 바 없는.

김 언 1998년 《시와사상》 등단. 시집 『숨쉬는 무덤』 『거인』 『소설을 쓰자』 『모두가 움직인다』 『한 문장』 『너의 알다가도 모를 마음』 『백지에게』, 산문집 『누구나 가슴에 문장이 있다』, 독서산문집 『오래된 책 읽기』, 시론집 『시는 이별에 대해서 말하지 않는다』, 평론집 『폭력과 매력의 글쓰기를 넘어』 등이 있음. kimun73@daum.net

미지근한 폭포

나는 모든 것에 조금씩 과한 편이야.

과한 친절,
과한 질투.
눈물과 과한 사랑, 과한
바보.

나도 모르게 엄청나게 부풀려놓은 과한 세계를 감당하느라 살이
다 쪘다.
모두와 헤어질 만큼
온몸이 부드러워졌어.

정밀하게
계산되어 세워진 빌딩들 모서리가 아름답네. 빛은 여러 줄 직선
으로 곤두박질 칠 때야 불시에
힘을 갖는 거구나.

어렸을 때는 과한 게 아름다운 줄 알았어. 그게 꼭 나의 무기

피부

즐거운 사랑인 줄 알고.

똑똑해지는 다른 법은 없는 줄 알고.

여섯 면에 설악산 폭포가 인쇄된 큐브. 가로 열을 돌리면 폭포의 꼭대기가 케이블카나 단풍나무 가지에 매끈하게 가 박히고, 세로 열을 돌리면 폭포의 각 면들이 조각나 쪼개지던. 접합면 사이사이 검은색 플라스틱이 적나라하게 드러나 있던. 처음으로 갖고 놀던 장난감이야.

폭포는 검지
엄지가 무심결에 서로 밀며 만들어내는,
먼지 속에서 확실히 진행되는
이 상처에도 개의치 않고
흐르지 않고 의연하다.

엄청난 양의 물을 쏟아내면서도
거실로 가로질러들어오는 햇빛

안에

따뜻하게 멈춰 있다.

같은 면적으로 뒤틀리다 흐트러지는 미래를 한꺼번에 경험한 폭 포에게
원래의 기억
미지근한 질서를 되돌려주는 것은 의미가 없었어. 한쪽에서는 방금 내 손바닥 위에서 일어난 죽음 대신 설악산 등반 가을 소풍을 계획하고 있는 이들이 있네.

그들은 멀리 있고 편안하고 그림자가 그들의 어깨까지 드리워져 누구도 그들 얼굴을

구별할 수 없어. 큐브를 멈추었다. 그들에게 달려가 내가 만진 것을 이야기해야 했지만 그때는

거실 세계를 내 뜻대로 줄이거나
구겨 던져버릴만한 언어 구사력이 더 부족했지. 그날이 사라질 듯 사라지지 않아 나는
몇년이고 거실에 남아 폭포가 겪은 일에 대해 생각하게 되었어. 각진 형태의 가을 음식이라면
쉬지 않고 먹어댔어.

반복은 모든 걸 부드럽게 속이더라구. 과한 집에서 가장 과한 사람으로 태어났는데 격렬한 성장을 멈추지 못했는데 어쩌겠어, 조절이 잘 되지 않더라구.

바닥 없고
사회성 없는 폭포 이미지가 이상한 위안을 주더라구.

1월 폭포

계절도 모른 채 자고 일어나니 더 부드러운
몸을 가진 어른이 되었고

새해 공기는 여전히 현실감이 없네. 바깥에서 나를 그럭저럭 몸
처럼 보이게 하며 걷는 법을
여러 해 걸쳐 알게 됐어.

온화한 빛을 떨어트리는 빌딩들을 지나 혼자서는 처음으로
서울 시내의 호텔방에 들어왔다. 서울에 살고 있는 내가 굳이 하
루치 방을 잡은 것이 사치스럽게 보일지도 모르겠다.
과하게.
그래도 여기서는 누구도 내 살을 힐끔거리지 않아.

분열하며 어색하게 웃는다고

말을 잘 못한다고 비웃지 않아.

침대에 앉았을 때 가장 잘 보이는 곳에 후쿠로다 폭포 포스터를
한 장 붙였다.
높이 133m
폭 13m에 달하는 폭포는 어둠에 잠긴 방에 겨우 A4 사이즈로 붙
어 있을 뿐이야. 포스터의 대부분을 차지하는 충격이

지나친 가로로 육중하게
떨어지는 물이어서

자꾸 쳐다보고 있으면 점심 먹을 때는 무섭기도 하다. 폭포의 중
심으로 걸어들어가 저 빽빽한
억울함을 다
피부로 맞는 것처럼. 저런 물이라면 아무리 크고 부드러운 세계도
겹겹의

살도 뚫겠지.

인쇄된 폭포는 차갑지도 뜨겁지도

이 방의 사물들에게 사랑을 표현하지도 않아.

어느새 가구 그림자에 반쯤 잠긴 폭포는 그저 내가 모르는 곳으
로 성실히
나아가고 있다.

포스터가 미지근해지는 시간을 기다린다. 그러니까 해가 막 지
거나 뜰 때
종이 두께가 미세하게 얇아져
팔과 어깨를 움츠린다면 사진 속으로 걸어들어갈 수도 있을 때.
기꺼이

그럴 마음이 들 때.

공기가 차고 노을이 아름답고 폭포 주위에는 이미
입수 자세로 준비를 마친, 거대한 원 대열을 이룬 사람들이 보인
다. 내가 잘 아는
잊은

잊히지 않는

수치심 폭포

대열에 가까이 다가가니 온몸의 살이 물처럼 출렁인다.

종이 사이를 뚫고 이 안으로 들어왔지만 여전히
고개를 들지 못하겠어.

　　　《 중요한 때
　　　　호텔에 숨어들기나 하는
　　　　진짜 폭포엔 가본 적도 없는 오만하고
　　　　과한 자식 너는 좋은 사람이 아냐 》

차례로 되살아나는 순간들에 둘러싸인 채

《 둔한 게
아 못생긴 게 》

더 이상 저물지 않는 폭포 한가운데엔 도저히 서 있지 못하겠어.

사람들이 원을 허물고 미지근한 인공 폭포 속으로 하나둘 뛰어든다. 슬픔도 드라마도 없이 물보라가 튄다. 그들의 탄탄한 살과 정신. 전부 인생의 다른 시기에 만난 이들인데 내 납작한 가슴 아래 대기해 있다는 사실 하나로 사이가 좋아보여.

누군가의 오랜 두려움을 알아보는 능력은 타고나는 것이며

밤에도 감기지 않는 눈으로 내 과함을 알아보던, 함구하던, 이해하던
나를 완전히 펼쳐진 장면으로 만들어
엉망으로 뒤섞인 큐브 면면들을 내 손바닥에 그대로 쏟아주던 사람들. 조각들은 너무 작고
버리기에도

흘리지 않고 들고 다니기에도 너무 많았다.

큐브 폭포

설악산 폭포
후쿠로다 폭포가 서로의 선
면
픽셀을 침범한다

아주 따뜻한 햇빛 속에서.

조금 전 뛰어든 사람들 사라진 자리에 물방울들이 얇은 피부처럼 보글거린다. 들어본 적 없는

작고 끔찍한 소리가 난다. 임시로 그렇게 된 것이지만

잠시 모든 소리를 잊고 싶어.

이 육중한 몸으로도 뒤틀린 채로도 조금씩 나아가고 싶어. 내면의 하늘이 자기도 모르게 울창하고 푸르러진다. 익숙한 단풍
바위 사이사이에 후쿠로다 폭포의 차가운 몸체가 다 비쳐보인다.

마침내 사람들이 웃고 떠들며 수면 위로 올라올 때, 시간이 그들의 미간에 붉은
케이블카 궤적을 그릴 때. 무언가 당연한
순리적인 것을 받아들인 나의 얼굴이 호텔 창에 비친다.

물려받은 폭포

아무 일도 없던 것처럼
아무도 손대지 않은
인간적인 방.
하지만 여기 들어와서도 나는 어질러둔 것을 개거나 한쪽으로
모아 정리해두곤 해.

친절해야 한다 살아가며 만나는 모든 피부들에게
전심을 다해 키스해주어야 한다고 배웠다. 키스는 대부분
되돌아오지 않을 거야. 핵심은 다른 의도가 없어야 한다고. 나의
엄마는
갈매기 날개 펼치듯
복잡함을 털어버리듯 웃는 사람

폭포에 가까이 가면 젖는다고 싫어하던.

아주 오래 전에 지나가버린 것 같은 새해가 전기포트 안에 들어
가 끓고 있어. 온도가 확실한 김을
보이고 있어.
나는 의도성이 짙은 사람이다. 되돌아오지 않는 물길들을 잊을
수도 키스를 멈출 수도 없어. 어린 시절은 삭아가는 것만으로 나에
게 상처를 준다.

이상하게 정지된
순간을 준다.

폭포 조각

과한 삶 그것을 잠시 멈추고 싶을 때 나는 나만의 큐브를 움직이
고 들여다봐.

(웹진 같이가는기분 봄)

시 작 노 트

작년 1월, 혼자 혜화동의 오래된 호텔에 들어가 이 시를 썼던 기억이 납
니다. 호텔은 고요했고 낡았었고 폭포와는 아무 상관도 없이 낮과 밤, 새벽
이 찾아왔던 것도 떠오릅니다. 푸른 새벽의 기운 속에서 시를 반 정도 썼
을 때, 보이지 않았던 폭포 속으로 들어가볼 수 있었습니다. 너무나 다행이
라고 생각합니다.

김 연 덕 《대산대학문학상》등단. 시집 『재와 사랑의 미래』가 있음. elfy95@naver.com

김이듬

여름 효과음악

하루하루가 모여 일생이 될까

폭염
장맛비
열대야
하루하루 여름이 지워진다

지난여름은 잊혀도 무방한, 아무 의미 없는 귀속의 수단일 뿐이다
기차역에서 한 사람이 손목시계를 봄
새하얀 와이셔츠가 바람에 펄럭임
뛰어오는 이는 여유로운 점프수트에 애리조나샌들
동성애 커플이라는 설정
시계와 슈즈는 소품

둘이서 다정하게 바캉스 떠날 예정인데
다툼이 없었는데
둘 중 하나 철로로 떨어져
달려오는 기차에 치일 뻔하는 사건이 벌어질 것이다

다정한 것들이 살아남는다는 메시지입니까?

컷

감독의 의도는 알 필요 없으니 네가 맡은 역할이나 열심히 하면 돼

위험한 스턴트 신을
배우가 대역 없이 찍겠다고 한다

대기하던 스턴트맨은 배우의 옷을 벗는다
그는 이제 잘린 거니?

잘 나가는 배우만 자꾸 잘 나가는 이유는 날씨 때문인가요?

우리는 타이밍을 기다린다

여름 작품을 만들어야 한다

계절성은 모든 예술에 적용된다는 말씀인가요?
상쾌하게, 광장의 뜨겁고 속된 열기가 느껴지게끔, 리조트, 선베
드, 호러, 스릴러… 뭐, 이런 이미지가 필요하다는 거죠?

독창성 없는 아티스트, 머저리, 분위기 파악 못하는 것들은 죽어
버려야 돼!
내 말을 듣던 감독은 나를 역겨워하며 소리쳤다

컷

공중화장실에서 매스꺼운 기분을 닦는다
전신이 흐늘거린다

나는 그의 요구에 맞춰 효과음을 넣었을 뿐인데 범죄영화에나 어울리겠다고 하다니!

여름엔 흉악범죄가 더더욱 기승이므로 난 내 작품엔 현실을 반영했을 따름이잖아. 뭐라고? 팽팽한 이음줄 구간뿐만 아니라 전체를 폐기하라는 건 너무 수치스러운…

피력하지 못한 작곡 의도를 거울에 대고 지껄인다 녹물을 튀기며

내 인생에 타이밍이 올 리 없지

친구의 영화 제작에 참여할 기회를 잡지 못했으므로
카디건을 벗다가 떨어뜨린 유리잔을 집어 다시 던질 뿐

벽이 무슨 잘못이라고
소품이 무슨 잘못이라고

눈을 감고 대사를 외운다

내가 다시 음악을 맡을게
만들지 못한 음이 평생 마음에 자리잡는 법이지

앞의 음과 부딪치지 않게
앞의 음이 퍼지다 사라지면
다음 음을 시작한다

어제의 일은

누군가 물을 내리지 않고 나간

공중화장실 변기 속을 응시하는 기분일지라도

오늘과 부딪쳐 축적되는 현상을 발생시키지는 않으리라

그저께의 참상을 흡수하지도 않겠어

아, 메스껍다

소품만도 못한 인생

하루하루 돈을 모았지만 하루치 식비도 얼마 남지 않았어

하루하루가 사라져 하루가 된다

(문학동네 가을)

시 작 노 트

힘겨웠던 한 해가 지나가고 새해가 왔습니다. 지난여름, 시나리오를 쓰는 작가와의 만남에서 「여름 효과음악」은 시작되었습니다. 그 작가는 생계를 위해 가을엔 유자 농장에서 일했다고 해요. 그가 며칠 전 설날 즈음엔 제게 유자차를 선물로 보내주었습니다. 그는 사다리에 올라가 빼곡한 유자나무 줄기에서 잘 익은 유자를 따다가 유자나무 가시에 찔려 피범벅이 되었던 일을 웃으며 얘기해줬어요. 그 가시가 못보다 위험한 줄 저는 몰랐습니다. 온통 모르는 것투성이인 저는 아직 유자차를 끓여 마시지 못했습니다.

김 이 듬 2001년 계간《포에지》에 시를 발표하며 작품활동 시작. 시집『별 모양의 얼룩』『명랑하라 팜 파탈』『말할 수 없는 애인』『베를린, 달렘의 노래』『히스테리아』『표류하는 흑발』『마르지 않은 티셔츠를 입고』『투명한 것과 없는 것』이 있음.
idumkim@hanmail.net

하얀 사슴

새까만 밤이었다
제주의 감귤 나무 사이로

하얀 사슴들이
나타났다

순백이나 결백이나 자백이 다 그러하듯
오염된

사슴들은
감귤잎을 뜯어 먹었다
뿔이 잘린

하얀 사슴들 그래서 영검한 기운도
정백한 빛도 다 사라져
가축이 되어버린
인간의

손을 타면
뭐든 다 더러워지고 망가진다는 얘기를
내게 처음 해준 사람이 누구였더라

언제였더라
그 예언이

다 맞는 말이라는 걸 깨달은 게

이런 것을 생각도록 하는
오염된 가축들이
밤의 도로 위를 줄지어 걷는다
그들 옆으로 차들은 무심히 달리고
안개가 점차로 짙어진다
사슴의 형상으로
사슴을 다 잊을 때까지
더러 운전대를 잡고 차를 몰며 잠에 빠지는 사람
꿈속으로 하얀 사슴들이 출몰한다
티 없이 아주 깨끗한 흰빛
소복을 입은 여인이 종을 흔들며
손짓한다
이리 와요 따라오세요
하얀 사슴들이 뿔을 치켜든
안개 행렬은
멀리 오리 밖까지 뻗치고 있다

이런 이야기를 짓게 하는 하얀 사슴들은
동물체험농장에서 탈출한 가축들로
귀신도 쓸쓸하여 살지 않는* 그 농장에는
양과 말
꿩과 닭

청계와 거위
토끼와 공작
갓 태어난 병아리와 죽은 개체
인간이 뒤엉켜 있었다

제주시와 제주도자치경찰단은
농장주를 상대로 축산법과 가축분뇨법, 건축법 위반 여부 등을
조사하고 있다고
밝혔다

어디로 갔을까?
울타리를 넘어
감귤밭 사이를 지나서
안개에 힘입어
순례를 시작한 그 흰빛들은
더러 인간의 탈을 쓰고
마음에 하얀 사슴을 품은 채

*정지용의 시 「백록담」에서 인용.

(창작과비평 여름)

시 작 노 트

소를 자기 엄마로 알고 있는 강아지. 감동이라서 끝까지 보게 된다는 영상을 끝까지 보았다. 인간들은 왜 이런 영상에 감동하는가. 눈물을 훔치며 생각했다. 거기에는 필시…. 언젠가 끝까지 본 영화에선 삶이라는 말, 새롭게, 새롭게, 새롭게, 라는 말을 들었다. 한 줄기 빛에 의지해 나가는 마음. 시를 매일 쓰진 않지만, 시를 생각하지 않는 날이 단 하루도 없다.

김　현　2009년 《작가세계》 신인상 수상하며 작품활동 시작. 시집 『글로리홀』『입술을 열면』『입술을 열면』『슬픔의 미래』『호시절』『낮의 해변에서 혼자』『다 먹을 때쯤 영원의 머리가 든 매운탕이 나온다』『장송행진곡』, 소설집 『고스트 듀엣』, 산문집 『아무튼, 스웨터』『당신의 슬픔을 훔칠게요』『어른이라는 뜻밖의 일』『다정하기 싫어서 다정하게』 등이 있음. 김준성문학상, 신동엽문학상 수상. rin00@hanmail.net

광안대교

– 예원에게

슬픈 일 없고 실연당한 일 없어도
울고 싶다고요?
소리 내어 꺼이꺼이
길 떠난 두루미처럼 그렇게
울고 싶다고요?

불빛이 너무 예뻐서
불빛에 비단 피륙 휘감은 다리
물 속에 비친 알몸이 너무나도 서러워
슬픈 일 없이도 울고만 싶다고요?

내가 옆에 함께 울어드릴게요
당신의 거짓말이 너무도 귀여워서
내가 옆에서 밤을 같이 새워 드릴게요.

(K-Writer 봄)

나 태 주　1971년《서울신문》신춘문예 등단. 시집『대숲 아래서』『좋은 날 하자』등이
있음. 현재 공주에서 나태주풀꽃문학관 설립·운영. tj4503@naver.com

2024 '작가'가 선정한 오늘의 시

이올란타*

태초에 비명이 있었다
빛 대신에

태어나서 한 번도 빛을 보지 못한 이올란타에게
눈은 오로지 눈물을 위한 것

흰 꽃과 붉은 꽃을 구별할 수 없는
그녀의 눈은
정원에 날이 저무는 줄도 몰랐다

그 어두운 천국에서 그녀는 행복했다
빛이 무엇인지 가르쳐준 보데몽이 나타나기 전까지는

오히려 눈을 뜨게 된 순간부터
고통은 시작되었다
어둠의 보호막이 떨어져 나간 순간부터
그녀를 위해 자신의 눈을 찌른 보데몽의 사랑으로부터

새들의 노랫소리도 비명으로 듣는 귀가
이올란타에게는 있었다

이 많은 비명은 어디서 들려오는 걸까요

사람들의 춤이 피었다 시드는 동안

붉은 꽃은 붉은 꽃으로
흰 꽃은 흰 꽃으로 피어났지만
그녀의 정원에는 더 이상 새가 날아오지 않았다

태초에 빛이 있었다고 누가 말하는가

귀를 막아도 들리는 비명을 향해
무릎을 끌며 나아가는 이올란타를 보면서

*차이콥스키의 오페라 〈이올란타〉

(문학과사회 봄)

나 희 덕 1989년 《중앙일보》 신춘문예 등단. 시집 『뿌리에게』 『그 말이 잎을 물들였다』 『그곳이 멀지 않다』 『어두워진다는 것』 『사라진 손바닥』 『야생사과』 『말들이 돌아오는 시간』 『파일명 서정시』 『가능주의자』 등이 있음. 현재 서울과학기술대 교수.
rhd66@hanmail.net

하나의 문만 열린다면

네가 운이 참 나빴다고
누가 통화를 하면서 지나갔다

우리는 장례식장 안으로 들어가지 못하고
유리문 앞에서
이 형식을 안다고 생각한다
검은 옷을 입고 향을 피우고 절을 하고
그다음은

걔가 얼마나 착했는지
모른다 어떤 삶을 살았는지
사실 다들 잘 모른다
하지만 저 문을 열고 들어가서
우리가 같은 영혼을 가졌다고
지금부터 믿어버릴 것이다
그 영혼의 고통을 모를 리가 없다고
며칠 내내 눈앞에서
숲이 불타고 있는 것처럼
말해버릴 것이다

밖으로 나온 아이들이 끝말잇기를 한다
사람 이름은 안 된다

나라도 안 된다

들어가자

더 해볼 수 있을 것이다

(창작과비평 봄)

시 작 노 트

산불이 오랫동안 꺼지지 않았다. 눈을 뜨면 산이 불타고 있었다. 그해 겨울에 또다시 애도 기간이 정해졌다. 슬픔을 빼앗긴 얼굴로 길을 걷다가 골목을 바라보면 생명의 어딘가가 훼손되었다는 것을 분명히 알게 되었다.

남 현 지 2021년 창비신인상을 통해 시를 발표하기 시작. namnamsss@naver.com

실패 감는 밤

류미야

엉킨 타래에서 실마리를 찾는 동안
농담처럼 물들며 저녁이 찾아왔다
풀었다 감는 그사이, 어둠이 동여맨다

고전의 바느질은 오래고 질긴 풍속
터진 솔기 한 곳쯤 언제나 숨어 있어
색색의 반짇고리는 종결 못 한 은유다

시침질 감침질로 바늘귀를 여는 밤
간간 찔리면서도 단단히 홀쳐 매려
감았던 실패를 다시, 더듬더듬 풀면서

(정형시학 가을)

시작노트
색색의 연에 묶이어
풀 수도, 이길 수도 없는 생이라면
차라리 실패가 되고 싶었다.

류미야 2015년 《유심》 등단. 시집 『눈먼 말의 해변』 『아름다운 것들은 왜 늦게 도착
하는지』가 있음. miah99@naver.com

서 있다 죽는 존재들

문보영

근데 오리는 잘 때 어떤 모습으로 자?

그냥 자지 않을까

그냥 자는 거는 어떻게 자는 건데?

엄청 편하게 자는 거

내 말은 잘 때 오리의 다리가 어떻게 되냐는 거야 쭈그리고 자?

물가에 떠서 자

그럼 불안하지 않을까

떠다니면서 자신도 모르게 균형을 유지할걸 바닥에서는 누워서 자기도 해 등을 땅에 붙이고 머리는 쪼그리고 그런데 그런 경우는 드물어

그럼 죽을 때는?

그냥 죽지 않을까

그냥 죽는 게 어떻게 죽는 건데?

엄청 편하게 죽는 거

한 다리로 서서?

그건 홍학이겠지

그럼?

쓰러져서 죽겠지

근데 한 다리로 선 채로 죽는 홍학도 있대 서 있기 위해서 죽은 건지 죽었기 때문에 한 다리로 서게 된 건지 모르지만 서 있기 위해서 반드시 살아 있을 필요는 없어

좀 웃기네

근데 홍학은 왜 두 다리를 놔두고 굳이 한 다리로 서 있어?

한 다리로 서면 바람의 영향을 덜 받거든

바람이 몹쓸 짓이라도 했나?

어떤 방식으로든 지속적으로 영향을 주는 존재는 두려워지는 법이니까

미안해

됐어

그럼 새들도 죽기 전에 두 다리로 서 있을까?

그냥 죽지 않을까

그냥 죽는 게 뭔데

죽기 전까지 두 다리로 서 있는 거

그럼 새들은 잘 때 어떻게 자?

왜 자꾸 그런 걸 물어? 나도 잘 몰라

알려줘

어떤 새들은 한 다리로 서서 자 그래서 몸통이 살랑살랑 흔들리지 두 다리 중 하나는 근육을 이용해 서 있고 나머지 한 다리는 이완되어 흔들거려

그럼 새는 바람이 부는 걸 은근히 좋아하는 게 아닐까?

이제 끝났나?

인간은 한 다리로 서서 잘 수 있을까?

아니

인간은 한 다리로 서서 죽을 수 있을까?

인간이 한 다리로 서서 잘 수 있을지는 개인에 따라 다를 수 있지
만 대부분의 사람들은 두 다리로 서 있는 것조차 버거워 해

(문파 여름)

문 보 영 2016년 중앙신인문학상 등단. 시집 『책기둥』 『배틀그라운드』, 산문집 『일기
시대』가 있음. openingdoor1@naver.com

우기의 시인

우기에 핀 꽃은
산보다 크고 아름답다

나는 다만 시로 저항하다 가고 싶어
영웅도 순교자도 바보도 되고 싶지 않아
저녁 뉴스에서 만난
우기의 시인
심장이 파인 채 시신으로 돌아온 랑군의 슬픔
내 심장이 파인듯

살아있는가?
검은 트럭에 올라서서
펑펑 울음 터뜨리며 손 흔들던
내 아이오와 친구
제 나라로 돌아가 탱크에 실려
우기 속으로 사라진 젊은 시인

우기에 핀 꽃은
산보다 크고 아름답다

(K-Writer 여름)

시 작 노 트

    시인의 나라는 사시사철 우기. 때로 폭풍이다.

    랑군 시인은 아이오와 국제 창작 프로그램에 참가한 시인, 그가 자신의 나라에 돌아가 달리는 트럭 위에 서서 자유를 외치는 모습을 CNN 뉴스에서에서 보았다.

    그리고 한참 후 세계의 뉴스는 일제히 보도했다. 심장이 파인 한 시인의 시신을…

    그는 살아있는가. 시인은 우기에서 자라는 나무.

문 정 희 1969년 《월간문학》 등단. 시집 『오라, 거짓 사랑아』 『양귀비꽃 머리에 꽂고』 『나는 문이다』 『카르마의 바다』 『웅』 『작가의 사랑』 등이 있음. 현대문학상, 소월시문학상, 스웨덴 시카다상 등 수상. 현재 국립한국문학관장. *poetmoon@gmail.com*

소지燒紙

종이의 몸을 입은
나무로 살아왔을까

사르는 이승의 냄새
그믐달 돋아나면

불 속에
타들어가는
내 전생을 만나는 밤

눈물마저 말라붙은
얼굴 하나 스쳐갈 때

나인 듯 나비인 듯
재만 남은 허공에는

길어져
가물거리는
그림자가 눈을 뜬다

(불교문예 가을)

시 작 노 트

아버지의 첫 제사 때 소지燒紙하면서 이승의 냄새가 이러할까 하고 생각했습니다. 인간은 죽음을 통해 비로소 자신과 타인의 삶을 완성하는가 봅니다. 종이의 옷을 입은 나무처럼 살다 가신 아버지, 불사르던 종이 속에는 함께 했던 시간이 눈을 뜨고 있었습니다. "나의 죽음은 나보다 나중에 죽을 사람들에게 의미가 있을 뿐, 따라서 나의 죽음은 나의 것이 아니라 타자들의 것"이라고 했던 사르트르의 말이 떠올랐습니다. 전생의 나를 만나는 허공엔 사그라지는 불!

박 성 민 2009년《서울신문》신춘문예 시조 당선. 시집 『어쩌자고 그대는 먼 곳에 떠 있는가』 등이 있음. 가람시조문학상 신인상, 오늘의시조시인상, 조운문학상 등 수상.
naminam7@hanmail.net

병중에

박소란

변기를 바꿔야겠어요 언제 이렇게 낡은 건지,
아버지는 말이 없다
잠에서 깨어 진통제를 한 알 털어 넣고서 미지근한 물을 머금고서
나를 본다 선산 구덩이만큼 퀭한 눈으로

내 너머 구부정한 창이 부려놓은 캄캄한 골목을

아버지는 망설인다
변기, 변기라니

매 시간 화장실을 드나들면서도
사는 게 암병원 같다고 끝없이 이어진 흰 복도 같다고
꺼지지 않는 빛
그런 게 얼마나 잔인한지

아버지는 화를 낸다 대장을 한 뼘 넘게 잘라낸 뒤

미래, 미래라니
너는 어떻게 그런 걸 쓸 수 있는 거냐?

쓰는 거예요 그냥

꼭 사기 같다 그런 건 너무 어렵고 너무 비싸고
나는 감히 살 수가 없어

살 수가 없다

앓다 기진한 아버지 곁에
아무 것도 기약하지 않는 기약하지 않기 위해 애쓰는

시간은 질금질금 흐르겠죠
악취를 풍기며 역류하겠죠 때때로 뒤틀리는 배를 움켜쥐고서
간신히 아주 간신히

괜찮은 사람이 될 수도 있을 거예요 이웃을 돕고 길고양이의 밥
을 챙기고
곧잘 눈을 피하면서도
사랑을, 백지에 가까운 믿음을 이야기하며 조금도 아프지 않은 척
아픔에 대해 뭘 좀 아는 척
쓸 수 있을지도 몰라요 남들처럼

큰병에 걸린 게 아닐까 가끔은 전전긍긍하면서

문을 박차고 나갈 수 있을지도 몰라요 오물이 넘실대는 바깥으로
전진! 전진!

목구멍 깊숙이 들이쉴 한 번의 숨을 위해,
꿈이나 영원이 아니라 비유로 꽉 찬 처방전이 아니라
무사히 똥을 싸고 오줌을 누는

그런

시

한 알의 작고 둥근,

아버지는 그만 화를 낸다 꽉 막힌 삶에 시위라도 하듯
맹렬히 잠든다
TV에서는 전쟁으로 폐허가 된 먼 나라 먼 도시 먼 사람들이
여전히 살고
찢어진 텐트 속에서

채널을 돌리면 낯모를 웃음이 쉴 새 없이 터져나오는데

변기를 바꿔요 아침이 오면
형제종합설비에 전화를 걸어요 묵은 쌀을 불려 죽을 끓이고
조금 울다가
멀고도 가까운 웃음에 덩달아 조금 웃다가

미래, 미래라니
혀를 끌끌 차면서

오늘, 그리고 오늘,
  오늘의 고지서를 챙기고 오늘의 달력을 넘기고 집앞 농협에서
얻어온

오늘의 시를 떠올리며

조금 더 살아요

(창작과비평 여름)

시 작 노 트

《창작과비평》 2023년 여름호(200호)에 발표한 이 시는 처음부터 뚜렷한 주제를 의식한 채 쓰였다. '미래'를 주제로 한 시를 써달라는 문예지 측의 주문이 있었는데, 이 큰 주제를 어떻게 소화해야 하나 고민하는 시간이 길었다. 고민 끝에 나는 내 곁의 아주 작은 미래를 생각하기로 했고 그것은 뜻밖에 제법 거대한 귀결로 향하고 말았다. 시를 쓰는 내내 "미래⋯⋯" 중얼거리는 스스로에 놀라 수시로 주변을 살피던 기억.

박 소 란 2009년 《문학수첩》으로 작품활동 시작. 시집 『심장에 가까운 말』 『한 사람의 닫힌 문』 『있다』 『수옥』이 있음. noisepark510@hanmail.net

문진 問診

박은정

이 배에 타고 있던 많은 사람이 사라졌습니다. 한숨 자고 나니 한 세기가 지나고 내 불길한 꿈은 어제보다 벅차게 너울졌습니다. 나침반도 없이 모두 어디로 간 것일까요. 망망대해 서슬 퍼런 물결 위를 오르내리는 동안. 당신은 내게 어떤 증상을 원하십니까. 얼음이 갈라지고 땅이 꺼지도록 절규하는 인간을 가엾게 여기소서. 이런 기도는 나약한 인간을 더 병들게 하는 주문일 뿐. 오늘 밤 마지막 성좌가 사라지기 전 폭풍과 개벽을 불러올지도 모른다고 합니다. 세계의 지축이 바뀌고 적과 아군이 뒤바뀌는 정세 속에서 마지막 한 줄기 빛이 눈부셔 고개 들지 못하는 목숨이 바로 우리인 것을. 표표하게 빛나는 고독이 플라타너스 잎처럼 이렇게 넓을 줄 몰랐지요. 당신은 이번에도 무미건조한 질문을 하려는 겁니까. 저 새장 속 앵무는 횃대에 앉아 반쯤 감긴 눈으로 세상을 관망하고 있습니다. 잠깐씩 날개에 허공을 매달고 들어본 적 없는 기이한 언어로 울고 있습니다. 나는 밤마다 비명과 환희의 소용돌이 속에서 깨어납니다. 눈 감으면 키보다 큰 파도가 덮치고 세계의 바깥으로 떨어진 작은 불씨가 순식간에 도시를 태워버립니다. 꿈의 외부자들은 숨죽인 채 앵무의 성대로 당신을 흉내 냅니다. 그리고 나는 아무도 보지 않는 비탄에 빠진 배역으로 남았습니다. 가여운 피조물이 뱀부로 만든 피리를 불며 풋사과 같은 열정을 깨물 때마다. 아, 나는 얼마나 정당하게 불모의 여왕이 되었던가요. 우리가 가려는 곳에는 무지개 폭포가 있다고 들었습니다. 춥고 광활한 황무지 옆에 깊은 전설이 있다 했습니다만. 그곳은 오가는 사람 없어 완전한 생명의 환희로 빛나고, 폭포의 시작에서 끝까지 무지개가 사라지지 않는다더군요. 지금껏 살아온 영감과 파국을 어디까지 대답해야 합니까. 만물이

수시로 만들고 망쳐 놓은 목숨을 당신은 편한 의자에 앉아서 들을 수 있습니까. 몇 밤을 지워야 그곳에 도착할 수 있을지, 신앙이 지운 믿음을 어디까지 믿어야 할지, 곡절 많고 허약한 나는 알지 못합니다. 회절하는 빛이, 중첩된 마음이, 사라지지 않는 증언들이, 동시적으로 나아갈 곤궁한 평계도 길을 잃었습니다. 당신이 내게 던지는 질문에 나는 어떤 대답을 하면 좋을지 찾지 않습니다. 내게는 오직 빛을 구하는 마음이, 또다시 돌아보는 다정이, 몸 한가운데 구멍 뚫려 소리조차 나오지 않는 사람의 안간힘으로 파도를 헤쳐 왔을 뿐. 내가 가져온 이 소리가 들리십니까? 투명한 물방울이 오색으로 빛나는 것을. 빛 속에서 아스라이 사라지려는 처연한 빛 멍울을. 막 잠에서 깬 앵무가 당신의 질문을 단조롭게 따라합니다. 당신은 이제 무엇을 질문할 수 있습니까. 내가 죽기도 전에 이 세계가 먼저 부서졌는데.

(포지선 가을)

시 작 노 트

저는 어쩌면 불모의 여왕이 되고 싶었는지도 모릅니다. 그 불모라는 단어 속에는 오가는 사람 없어 완전한 생명의 환희로 빛나는 고독이 플라타너스 잎처럼 넓게 펼쳐져 있겠지요. 사람들과 하루를 보내고 사람들을 피해 떠나갈 길을 궁리합니다. 그들은 기이한 언어로 내게 인사를 건네고, 나 역시 기이한 언어로 그들의 질문을 따라합니다. 앵무의 부리처럼 수많은 말을 하지만, 정작 닿고자 하는 마음은 찾을 수 없습니다. 사람들은 내게 묻습니다. 무엇이 힘든가요? 오늘은 별일 없이 지내셨나요? 그런 질문들은 내게 문진처럼 남아 허공에 떠도는 메아리로 들립니다. 당신은 이제 무엇이 궁금하신가요? 무엇이 궁금하지 않으신가요? 하지만 내게는 아무 것도 쓸 수 없는 찢어진 종이 한 장만 남았습니다.

박 은 정　2011년《시인세계》신인상 등단. 시집『아무도 모르게 어른이 되어』『밤과 꿈의 뉘앙스』『아사코의 거짓말』이 있음. frenzy8559@naver.com

오늘의 시　　　　　　　　　　　　　　　　　　　　　　　　　59

아껴둔 기도

빈 숲을 혼자 걸을 수 있을 무렵부터
일요일이면 성당에 간다
말끔하게 빗은 머리를 숙이고 오르간을 연주한다
너는 참 성실하구나
신앙 대신 성실을 쌓는다

나의 성실은 기도와 거리가 멀다
신은 바쁠 테니
반주자의 취업이나 일신상의 사유 같은 건 돌볼 겨를이 없을 것
이다
별로 중요한 일도 아니잖아
나는 당장 저쪽의 풍경으로 넘어가도 괜찮다
큰 미련이 없는 이쪽의 풍경

일요일이면
머리를 말끔하게 빗고 성당에 나가 오르간을 연주한다

그러다 가끔 머리를 치켜 올리고 기도하고 싶어질 때면
그 마음을 빈 숲에 심는다
신은 바쁘겠지만
숲을 무시할 수 없을 것이다
절대로

숲이 우거지면

숲 향기가 진동하면
청약 당첨이나 로또 1등을 빌 거라고 다짐했지만
결국 너의 행복으로 시작하는 기도
너의 행복이 무엇인지 모르면서
어떻게 해야 행복한지도 모르면서
신의 개입으로 찾아온 행복이 진짜 행복일까 의심하면서
그래도 네가 행복했으면

너의 행복은
길을 걷다 주울 수 있는 것도 아니고
열심히 연마해서 가꿔나갈 수 있는 것도 아니고
당첨이 되어 얻을 수 있는 것도 아니지만

봄에는 해풍쑥을 구해다 된장 쑥국을 끓여먹고
자전거를 타고 꽃그늘 아래를 지나는 것일까
예상보다 더 입금된 아르바이트 수당에 박수 치며
그 수당으로 산 튤립 한 송이를 빈 맥주병에 꽂고
가만히 지켜보는 일일까
그것도 아니면 청보리밭에 서서 바람을 맞는 일일까

이런 것들로 네가 행복해질 수 있다면
신이 잠깐 내려와 꿈 없이 깊이 잠들게 할 수 있다면
매주 일요일
나는 공을 들여 머리를 빗겠지만

봄은 너무 빠르게 가고
폭우는 너무 자주 온몸을 적시고
너무 많은 사람이 너무 많이 아프다
너의 행복이 찾아오기엔 이쪽의 풍경이 온전치가 않아서
기도할 것이 너무 많다
우선순위를 알 수 없다

나는 비로소 두 손을 모으고
신께서 알아서 해달라고 그래야 신 아니냐고
간절한 마음을
그래 간절한 마음으로
너의 행복을 빌었다

숲이 활활 타오르다 까맣게 잠잠해질 때까지
기도 손을 풀지 않았다

빈 숲을 다시 가꿀 것이다
노란 가자니아를 보는 표정을 보려고

일요일이면
말끔하게 머리를 빗고
성실하게

(시마 여름)

시 작 노 트

　얼떨결에 20년째 성당 반주를 하고 있다. 강론 시간에 포켓몬고나 하는 반주자지만, 가끔 친구들을 떠올리며, 뉴스에서 본 먼 나라의 어린이들을 떠올리며, 건너건너, 건너건너 아는 사람의 아픔을 떠올리며 기도할 때가 있다. 행복이 뭔지도 모르면서. 그래도 신은 우리의 손을 빌려 나타날 것을 안다. 아주 작은 우리의 아주 작은 손을 빌려서.

박 은 지 2018년《서울신문》등단. 시집 『여름 상설 공연』이 있음.
onepiece_27@naver.com

모닝페이지

박
희
정

나의 첫새벽은 오래된 목마름이다

씨실처럼 풀려나는 기억의 실마리가

뭉툭한 심지를 뚫고 느릿느릿 올라오듯

비밀스런 시간이 햇살을 만나기 전

여백의 숨소리는 백지로 걸어나와

딱 한 줄 미지의 언어로 소곤대고 있었다

생각이 보이는 곳에 나는 줄곧 자라

끊어질 듯 이어지는 마법의 이정표 같은

스쳐갈 세상의 오늘, 그 첫 장 쓰고 있다

(나래시조 가을)

시 작 노 트

새벽형 인간이기를 자처하는 나는, 그 새벽을 오롯이 즐긴다.

고요 속에서 만나는 목마름이 첫 문장으로 설핏 옷을 입을 때,
줄곧 자라는 언어들….

박 희 정 2002년 《서울신문》 신춘문예 당선. 시조집 『하얀 두절』 등, 시 에세이 『우리 시대 시인을 찾아서』가 있음. 중앙시조대상 신인상 등 수상. misshelp@hanmail.net

여름 등산

산의 아랫도리가 지순하게 열렸다

잘 익은 초록에 바람의 혀가 닿을 때면
그늘은 진저리 치듯
비린내를 쏟아냈다

경사가 급해질수록 훅훅 내뱉는 숨을
산은 허파를 열어 흡흡 받아먹으니
가파른 등산의 체위에
걸음이 가빠졌다

마침내 오른 정상은 신선하고 신성하여
내뱉고 빨아 먹힌,
밟고 밟힌 것들이

땀 절은 죄를 씻고서
쾌快와 선仙에 들었다

(나래시조 여름)

서 숙 희 1992년《매일신문》《부산일보》신춘문예 시조, 1996년《월간문학》신인상
소설 당선. 시조집『빈』『먼 길을 돌아왔네』『아득한 중심』『손이 작은 그 여자』『그대
아니라도 꽃은 피어』, 시조선집『물의 이빨』이 있음. woomul35@hanmail.net

혼잣말을 하는 사람

우리는 공간을 메우기 위해 계속 말을 했다
너와 나의 거리가 너무 멀어서
사람이 지나가고
잔이 깨지고
피투성이 바람이 지나가고

우리는 멀어지는 사이를 메우기 위해
계속 말을 했다
말은 떠다니고
그러다
너는 박차고 일어나
걸어 나가고

말이 끝나면 정말 끝이 날까봐
나는 계속 말을 했다

빈 의자는 입을 닫고
나는 계속 말을 했다
너와 나의 거리가 너무 멀어서
채우기 위해 말을 하고

너와 나 사이로
방금 쏘아 올려진 우주선이 올라간다
하늘이 찢어지는 것을 보면서

다시는 오지 않을 것을 보면서

내 뒤에서 사진을 찍던 사람이
저기요, 좀 비켜줄래요?

한 번도 말을 걸지 않았던 생물들이
가로막은 나를 피해
이쪽과 저쪽으로 고개를 내민다

케이크를 포크로 잘라 먹을 때
잘리는 이쪽과 저쪽 사이에서

강바닥에 박힌 자동차 이쪽과 저쪽으로
물이 갈라지고

점등사가 불을 켤 때
커다란 사람의 이쪽과 저쪽으로
빛이 갈라져 나오는 곳에서

나는 계속 말을 했다
공간을 다시 메우기 위해

연고처럼 끈적한 말을
계속 계속

어디에도 소속되지 못한 몸을 흔들고
혼잣말을 중얼거리는 사람이
공간을 찢으면서 걷는다

다시 오지 않을 것들에게
멀어지는 것들에게
말을 걸면서

빈 곳을 메우기 위해
혼잣말을 하는 사람을 본다

(같이가는기분 11월)

시 작 노 트

거기, 당신이 있음을 안다. 이렇게 멀리 떨어져 있지만 거기와 여기에,
우리는 있다. 그러므로 이 '사이'를 채워주는 바람에게, 사람에게, 우주선
에게 우리는 이상한 안부를 듣는다.

손   미 2009년《문학사상》등단. 시집 『양파 공동체』『사람을 사랑해도 될까』, 산문
집 『나는 이렇게 살고 있습니다 이상합니까』『삼화맨션』 등이 있음. 2013년 제32회 김
수영문학상 수상. sm6989@naver.com

새벽불빛

송종찬

겨울바다에 비치는 공단의 불빛
몇 억 광년 떨어진 외계에서는 별빛으로 보일거야

이 밤 별이 빛나는 것은
우주에도 불씨를 지키는 따스한 손길이 있다는 뜻이겠지

파도소리 여관방의 유리창을 넘어들고
꿈결 사이로 진눈깨비 하나 둘 휘날리기 시작할 때

허공 속에 깜박이는 공단의 불빛
몇 억 광년 떨어진 외계에서는 유성으로 보일거야

이 새벽 별이 반짝이는 것은
그대 위해 잠들지 못하는 한 사람이 있다는 뜻이겠지

(영화가있는문학의오늘 여름)

시 작 노 트

그냥 반짝일 리 없다, 하늘의 별도 지상의 별도. 모든 것을 버리고 별이
된 사람들, 따스한 손길로 별을 만들고 있는 사람들. 새벽바다에 비치는 공
단의 불빛은 지상의 별이었다. 창을 열고 하늘의 별들을 바라볼 때 스치는
얼굴들…….

송 종 찬 1993년《시문학》에 「내가 사랑한 겨울나무」 외 9편을 발표하며 작품활동 시
작. 시집 『그리운 막차』 『손끝으로 달을 만지다』 『첫눈은 혁명처럼』, 러시아어 시집
『Транссибирские Ночи』, 산문집 『시베리아를 건너는 밤』 등이 있음.
song.siberia@gmail.com

북천

경남 하동에도 있는 북천 경북 상주에도 있는 북천 강원도 고성
에도 있는 북천

지명에도 있고 하천명에도 있고 간이역 이름에도 이대흠의 시에
도 스님 법명에도 있는 북천

북천의 뒷산 꼭대기에는 만년설이 살고 사시사철 크리스마스 캐
럴 음반이 출시되고 아이스크림 장사보다 참나무 장작 장사가 더
잘 될 것 같은 북천 청둥오리 떼를 잡아 연탄불 위에 굽는 저녁이
와자할 것 같고 큰 강의 얼음장은 국어대사전보다 두꺼울 것 같고
이런 추측은 북천이니까 가능할 것 같고

꽁꽁 얼어붙은 북천에는 투기꾼들이 묵을 여관이 없고 고층아파
트를 짓지 않으니 은행에 대출하러 갈 일이 없고 은행원 앞에 다소
곳이 앉아 있을 필요가 없고 연대보증 부탁하는 시간에 처마 끝 고
드름을 따먹을 수 있어 좋고 고드름 고드름 수정고드름 동요를 부
를 수 있어 좋고 북천의 언덕에서는 마을의 지붕이 손바닥 안의 스
마트폰처럼 다 보이고

북천 주변의 산골짜기에는 자작나무가 살고 산꼭대기에도 자작
나무가 살고 고갯마루에도 자작나무가 살고 경사지에도 자작나무
가 살고 산속의 화전민도 자작나무를 때고 산속의 사찰에서도 자
작나무를 때고 일 년에 딱 한 번 초파일에 절에 가는 여자가 사는
집에서도 자작나무를 땐다

온천을 좋아하는 사람은 북천에 노천탕이 있나 생각할 것이고

삼복염천을 끔찍이 싫어하는 사람은 북천의 마구간에도 에어컨이 들어오나 걱정할 것이고 천상병의 시를 읽어본 사람은 북천이 소풍 가는 곳인 줄 착각할 것이고 부천에 사는 사람은 부천에 왜 기역자가 하나 더 붙었지 하며 의아해할 것이고

나는 북천에서 태어나 보지 못한 사람 북천에 나가 빨래를 해보지 않은 사람 나는 그럼에도 친절해져서 북천의 스피커처럼 말한다

북천은 바로 거기에 있어요 북천은 손 뻗으면 닿는 거기에 있어요 북천은 만질 수는 없지만 보이는 곳에 있어요 북천을 가지고 갈 수도 없고 쌓아둘 수도 없지만 북천은 부서지지 않고 흘러내리지 않고 물렁거리지 않고 뜨겁지도 차갑지도 않아요 북천은 비누처럼 미끌거리고 대파처럼 맵싸하고 비스킷처럼 바삭거려요 이 의미 없이 좋은 북천

(공정한 시인의 사회 3월)

안 도 현 1981년 《매일신문》 신춘문예 등단. 시집 『서울로 가는 전봉준』 『모닥불』 『그대에게 가고 싶다』 『외롭고 높고 쓸쓸한』 『그리운 여우』 『바닷가 우체국』 『너에게 가려고 강을 만들었다』 등이 있음. 소월시문학상, 노작문학상, 윤동주상, 백석문학상 등 수상. 현재 단국대학교 문예창작학과 교수. ahntree61@gmail.com

긍휼의 뜻

나는 평생 이런 노래밖에는 부르지 못할 거라고
이제 나는 그것이 조금도 슬프지 않다고 담대한 척 고백해 놓고
조금은 슬펐어
철가루처럼

곳곳에 흘린 나를 회수하겠다고
자석을 들고 종종거렸지
날마다 철가루 수북했어

그러다 너를 봤어
단박에 알아보고 물었지
너도 있지 철가루

이상하지,
너를 마주친 순간 왜 하늘에서
철가루가 눈처럼 흩날렸을까
왜 슬픈 장면을 보며 아름답다고 생각했을까

*

그날 이후
이따금 너를 소환하곤 해

백지 앞에서 마음이 한없이 캄캄해질 때

너는 등뒤에 집채만한 나무 그림자를 매달고 나타나
나의 이야기를 들어주지

누가 본다고 이렇게 정성 들여 지붕을 색칠하려는 걸까?
땅만 보고 걷는 사람은
거기 지붕이 있는지도 알아차리지 못할 텐데

그러면 너는 단 한 사람*이라고 말해
단 한 사람은 지붕의 색을 이정표 삼아 이곳을 찾아와줄 거라고

*

어느 십일월의 저녁이었지
비가 오고 있었고
밖으로 나왔는데 놀랍도록 날이 포근했어

지구가 단단히 미친 것 같아
인간은 숨만 쉬어도 지구의 붕괴에 가담하고 있어
멋지게 비를 맞으며 살고 싶은데 오늘 또 우산을 샀지 뭐야
그날도 우리는
가방은 필요 이상으로 무겁고
미래는 망가진 장난감이라는 듯 굴었지만
각자의 우산이 있었음에도
하나를 나눠 쓰자 청했어

그렇게라도 새로 산 우산의 쓸모를 구하다보면
걸음이 나란해지고
서로의 몸속에서 피가 도는 박자를 알아봐주면

단 한 사람
멀리서 구하지 않아도 이미 도착한 것일지 모른다고

그때 알았네
한 사람을 구하는 일은
한 사람 안에 포개진 두 사람을 구하는 일이라는 거
계속 계속 우산을 사는 사람은 지킬 것이 많은 사람이라는 거

*

어쩌면 우리의 임무는 그것인지도 몰라

철가루 눈처럼 흩날리는 날
서로의 목격자 되어주기

멀리서 보니 지붕 칠한 집이 확실히 생기가 돌더라
저도 모르게 혼잣말하고 화들짝 놀라기

서글픈 농담 하고 싱긋 웃기

*

수신인이 물인 편지는 잉크로 써야 한다고
그래야 글자들이 올올이 풀려날 수 있다고
이제야 나는 진심으로 고백해

걸고 쓰느라 부서진 마음 알아봐주는
단 한 사람

수신인이 불인 편지를 쓰기 위해
밤낮없이 장작을 모으는 사람
여기도 있다고

* 최진영.

(문학동네 겨울)

안 희 연 2012년 창비신인시인상 수상하며 작품활동 시작. 시집 『너의 슬픔이 끼어들 때』 『밤이라고 부르는 것들 속에는』 『여름 언덕에서 배운 것』이 있음.
elliott1979@hanmail.net

지상에서의 증발

목마른 슬픔에 기대일 수 있을까,
뚜렷해진 인과를 거쳐 후일담을 재생하듯
자탄의 바닥을 긁으며 굶주릴 수 있을까,

주전자는 온몸을 들썩이며 끓었다,
받아적지 못하여 흔적 없어진 그리움이 내면에 가두었던 말의
몸을 불사른다,
너를 본, 헛꿈이었을까,
가지 끝이 아려 온다

설핏하게 기울어진 그림자를 따라서
추도사가 끓으면서 기화되는 영혼처럼 날 듯이 가벼워진 뒤엔
텅 빈 영원이네,
아아 늬는,* 내 앞을 가로질러 갔으니
바람에 휘갈겨지는 구화口話처럼 근거가 없네.

* 정지용의 「유리창」에서 "아아, 늬는 산새처럼 날아갔구나!" 차용.

(현대시 3월)

시 작 노 트

  2023년 1월에 나는, 가족사적인 애환 속에서 추도식의 참배객이자 집사였다. 그리고 2월에는, 앞의 사건을 재구성하는 12편의 연작 시조 「그믐 빛으로 널 부르면」을 썼다. 이 가운데 2편 「수련이 있는 정원-여자」 「증발-남자」를 자유시의 버전으로 바꾸어 발표했다. 버전 바꾸기는 단순한데, 독립적인 제목을 붙인 것과 음보에 글자 수를 추가하는 방식이다.

염 창 권 《동아일보》 시조, 《서울신문》 시 신춘문예 등단. 시집 『한밤의 우편취급소』 『오후의 시차』 등, 평론집 『존재의 기척』 등이 있음. gilgagi@hanmail.net

유계영

수염이 긴 쪽이 어른입니다

먼 나라의 소들은
네 발목이 꿰어져 거꾸로 매달린 채
죽지 않고
천천히 몸을 죄어오는 가축슈트를 입고
아늑한 죽음 설비 속으로
차례차례
걸어 들어간다고요? 이걸 행복이라고
부를 수는 없는데
항복이라고
부르기도 싫은데

나는 사는 게 좋아요
만져지고요
만질 수 있어요
이렇게 말하긴 쉬워요
누군가를 기쁘게 할 테니까
하지만 나의 생각은
얌전히 묶은 포니테일처럼
모이질 않고
양갈래로 쫑긋거리는데
살고 죽는 것에서 세 갈래로
죽고 태어나 사는 네 갈래로
살고 만나고 죽어가는 함께로
자꾸만 땋게 되는데

개를 낳을 수 없어서
나는 개 엄마가 아니에요 가끔은
개가 돌아가신 외할머니로 보여
머리를 조아리고 납죽
절하게 될 때는 있지만요

고양이를 낳을 수 없어서
고양이 엄마도 아니죠 물론
아빠일 리도
하지만 사물이
스스로 움직이기도 한다는 것을
알려주니
학생일 수는 있다고

소파 밑을 들어
병뚜껑과 빵끈 들이 모여 있는 걸 확인하며
다짐하죠
성실한 학생이 되어야지
밤새 사물들이 몇 보씩 이동한 것을
제자리로 돌려놓으며
말하기보다 보여주기
선생님의 가르침을 확인해요

엄마가 아니고 아빠가 아니어서
우리는 이 집에서 각자 고아이고

사랑이란 무엇일까?
나의 물음에 나의 생각과
똑같은 대답을 내어놓는 사람과
결혼하는 바람에
아이고 불쌍해
아이고 불쌍해
그런 말을 사랑한다는 말 대신
주고받다가

하나 둘 이불 밑으로
사람이 들어가 누우면
하나 둘 이불 위로
개와 고양이
똑딱 단추처럼 닫히죠
여러 갈래로 땋은 귀를
느슨하게 풀고
잠들죠

나는 몸을 죄어오는
부드러운 이불에 갇혀
잠 속으로 순순히

걸어 들어가요
어디에 도착하게 되는지는
잊어버렸어요

(현대시 가을)

유 계 영 2010년《현대문학》신인추천으로 작품활동 시작. 시집『온갖 것들의 낮』『이제는 순수를 말할 수 있을 것 같다』『이런 얘기는 좀 어지러운가』『지금부터는 나의 입장』, 산문집『꼭대기의 수줍음』이 있음. 제5회 영남일보 구상문학상, 제24회 현대시작품상 수상. ygy815@hanmail.net

유선철

후회가 맹세에게

온몸에 어둠뿐인 난 없어도 되겠지만
미혹의 강 건너에 너는 꼭 있어야 해
젖어도 날아야 하는
새들의 운명처럼

한소끔 끓고 나면 난 벌써 시든 장미
눅눅한 안개 사이로 꿈틀, 네가 다가오지
동맥의 온기를 따라
더 빠르고 느껍게

기다림은 늘 그렇게 초라하고 떨리는 것
숨소리 고르느라 움츠린 너를 보면
울음을 멈출 수밖에
두 손 모을 수밖에

(가히 창간호)

시 작 노 트

더 잘 살기 위해 우리는 많은 맹세를 합니다. 맹세는 대부분 후회의 뒷자리에 있습니다. 후회가 달이라면 맹세는 해입니다. 후회는 부끄러운 게 아니라 살아있다는 증거입니다. 눈물 어린 후회가 있었으므로 맹세는 박수를 받습니다. 맹세가 굳건할수록 후회는 빛이 납니다. 그래서 우리는 후회의 어깨를 두드려주고 맹세를 따뜻하게 안아줘야 합니다.

유 선 철 2012년 《경남신문》 시조 신춘문예 당선. 시집 『찔레꽃 만다라』 『슬픔은 별보다 많지』가 있음. 천강문학상 시조부문 대상, 오늘의시조시인상, 정음시조문학상 수상.
ysc1069@hanmail.net

예배

– 송구영신

그해부터는 나도
나의 양초 하나를 받았다

장의자 위에 촛농으로 붙여 세워둔
작은 불꽃이 이제 내 몫의 얼굴을
밝히고 있다

작은 종이 위에 죄를 적고
단상 앞에서 불을 붙이고
제자리로 돌아와야 한다
새해가 되기 전에

아버지의 죄를 대신 적었다
왼손으로 종이를 가리고, 빼곡히

촛불 앞에서
몸을 떨었는데,
촛불이 흔들리면
종이 위에 어둠의 얼룩이
살아 움직이는 것 같았는데
지켜보고 있는 것 같았는데
새해가 되기 전에
새해가 새해로 지나고
시간에게도 시간이 지나고

이 시 앞에서 나의
양손엔 이제 종이와 연필 대신
빈 잔과 짧은 칼이 들려있다

예배당의 어둠 속을 가만히 살펴보면
양들의 죽은 몸이 보인다
양들은 제 몫의 사랑으로 사랑을 떠나고
그들을 대신하는 양을 대신하여, 양의 몸이 남았다

아주 여러 번 나는 이곳에서 양의 얼굴로,
이곳에서 양의 얼굴로 나는 아주 여러 번,
양의 얼굴을 바라보았다 고요한 얼굴을 바라보는 내 얼굴이 고
요해질 때까지
이 예배당의 어둠이 나를 알아보지 못할 때까지
바라보았다

사랑하는 얼굴보다 그를 대신하는 양의 얼굴을 더
사랑할 수 있도록 하늘에 계신
아버지는 지상의 아버지를 용서하세요

나는 내 몫의 초를 들어
양의 몸에 불을 붙여준다
이제 새 해가 뜨기 전에, 예배당이 밝아올 것이다, 양의 몸을 대
신하여

그다음은
내가 보지 않아도 된다

(시산맥 겨울)

시 작 노 트

90년대, 일곱, 여덟 살 즈음 어느 해의 마지막 날, 송구영신 예배에서, 내 또래의 친구 하나가 졸다가 머리카락에 불이 붙고 말았습니다. 그때, 시골 아이들에게 열 두시는 아주 깊은 밤이었으니까요. 저는 종이에 적어야 할 죄들이 생각나 졸지 못했습니다. 죄의 목록을 강대상 앞에 마련된 작은 화로에 던져 태웠습니다. 종이를 너무 여러 번 접어 저의 종이에는 불이 잘 붙지 않았습니다. 혹시 다 타지 않았을까 봐, 예배를 마치고 타버린 죄의 재를 뒤적거렸던 기억이 납니다.

육 호 수 시집 『나는 오늘 혼자 바다에 갈 수 있어요』 『영원 금지 소년 금지 천사 금지』 가 있음. yookhosoo@hanmail.net

멎

공공 화장실에서 용변을 보다가 멎을 보고 숨이 멎을 것 같았다. 멋진 화장실을 제안하는 문구였다. 멎지다. 멎지다. 멎지다. 하아, 숨을 쉬어야 하는데. 나는 무엇이 막혀 있는가. 무엇이 냄새를 피우는가. 상가에는 빵집이 있고, 꽃집이 있고, 부동산이 있고, 마트가 있고, 병원이 있다. 내가 갈 곳이 참 많다. 막혀도 뚫을 수 있고, 뚫려도 메울 수 있다. 나란 구멍인가. 문인가. 함정인가. 쏟아버린 커피인가. 흙탕물인가. 진지하게 묻는 입인가. 단번에 오염된 똥구멍인가. 가고 싶지 않다. 멈추고 싶지도 않다. 난공불락의 성에서, 어두운 섬에서, 희미한 경계 위에서 멈칫한 발걸음. 신발은 검고 희고 짝짝이고. 매번 누군가 가져간다. 음식점에서 수영장에서 상가에서 나의 낡은 신발은 사라졌다. 기뻤다. 나 아닌 발을 갖게 된 나의 오랜 신발을 향해 인사를 한다. 멎지게.

(파란 겨울)

시 작 노 트

시는 시를 읽고 쓰는 사람들만의 슬랭. 그 슬랭 안에서 웃고 울고 춤추고 악을 쓰다가 문득, 멋진 삶을 꿈꾸는 어이없는 상태가 되어 이런 시를 쓴 것일까. 시라는 슬랭 안에서 끝내 멋지기는 어려울 것 같고, 다만 멎지게.

이근화 2004년 《현대문학》 등단. 시집 『칸트의 동물원』 『우리들의 진화』 『차가운 잠』 『내가 무엇을 쓴다 해도』 『뜨거운 입김으로 구성된 미래』 『나의 차가운 발을 덮어 줘』 등이 있음. 김준성문학상, 현대문학상, 오장환문학상 수상. *redcentre@naver.com*

늙은 호박

이남순

있음과 없음일랑 마음이 짓는 헛것

바람을 등에 업은 품새 한 번 넉넉하다

견뎌낸 숱한 땡볕을 옹골차게 매달았다

사늘히 안고 우는 범종을 닮았구나

때때로 이슬 사리 온몸에 맺어놓고

줄기가 비틀어지도록 익었다, 니르바나

(성파시조문학 창간)

시 작 노 트

고춧대를 걷어내다가 땅에 엎드린 늙은 호박을 발견했다. 뜻밖의 수확이었다.

고요함이 가득한 이 공간에 신심을 다 바쳐 품어낸 넉넉한 성불인 듯했다.

모든 번뇌의 얽매임을 벗고, 진리를 깨달아 불생불멸의 법을 꿈꾸는 니르바나, 저 호박!

이 남 순 2008년 《경남신문》 신춘문예 당선. 시집 『봄은 평등한가』 등이 있음. 이영도 시조문학상 신인상 수상. manbal6237@hanmail.net

사랑의 역사

아이가 맨 처음 묻은 건 병아리였다
병아리가 울음을 멈춘 날
아이는 밥을 먹던 숟가락으로 흙을 팠다
잊지 않겠다는 뜻입니다 사랑한다는 뜻이지

아이는 자라서
길 위에는 묻을 게 많다는 걸 아는 나이가 되었습니다

다람쥐를 묻고 고라니를 묻고
달리는 것들에 치여서 더는 기어갈 수도 없는 발들과
높은 것들에 밟혀서 더는 엎드릴 수도 없는 몸들을
아이는 걸음을 멈추고
모종삽으로 천천히 묻어주었다

아이는 밤마다 더 자라서
아주 길거나 큰 것을 묻었다
어쩌면 비단뱀이나 코끼리를 묻을 수 있을지도 몰라

플라스틱 양동이 속에 묻힌 물고기를 몰래 바다에 묻고 돌아와
잠이 들면
불호령이 떨어져 꿈이 까맣게 타버리지만
언젠가 아버지를 묻을 수 있을 때까지
아이는 차분히 기다릴 줄도 압니다
그러다가 아이는 작거나 느리거나

눈에 띄지 않는 것들도 죽는다는 걸 아는 나이가 되었습니다

달팽이를 묻고
거미 개미 풀벌레도 묻고

나비를 묻고 비둘기를 묻고
이미 세상을 떴는데도
더 이상 세상을 뜰 수 없는 날개들도 묻어주었다
간밤엔 옥상에서 떨어진 천사도 묻었을지 몰라
그런 건 흔한 일이어서
후볐던 구멍을 파고 또 파고

그러다가 아이는 죽고 나서도 죽는다는 걸 아는 나이가 되었습니다

숲에는 아주 많은 무덤이 있고
아이는 그 숲의 주인이 되었고
폭우만 지나가면 떠내려오는 돼지들을 해마다 굴착기로 묻어주었다

묻는 솜씨가 일품이어서 아이를 찾는 이들이 늘었다
묻는 시간을 줄이려고 사람들이 줄을 서서 기다렸다
밤의 구덩이를 파고 또 파고
그러나 아이는 일은 하지 않습니다 사랑만 합니다

점점 더 모르는 것들을 사랑하게 되고
숲은 마을까지 내려오고
꿈속까지 들어오고

그러니까 아이는 죽지 않는 것들도 죽는다는 걸 아는 나이가 되
었습니다

재활용도 안 되는 쓰레기들을 묻고
누군가 흘리고 간 머리칼이나 말 속의 뼈 같은 것도 묻고

숲이 끝없이 무한해진다면
어디까지가 숲인가
묻고 또 묻고

어쩌면 마을을 통째로 묻었는지도 몰라
사슬처럼 엮인 이야기들 속에 함께 묻혀서
그러나 아이는 끝은 보지 않습니다 사랑만 합니다
식어가는 손을 혀처럼 빼물고

어느 날 숲을 지나던 한 아이가 우뚝 멈추었다
흙 위로 삐져나온 손 하나가 병아리처럼 웅크려 있었다
아이는 가만히 바라보았다

(문학과사회 봄)

시 작 노 트

무덤을 파면서 삶은 이어진다. 기억은 성장하고 사랑은 계속된다.

숟가락으로 흙을 파던 아이들은 어디로 갔을까. 아이들은 죽어서 어떤 어른이 되었을까.

내가 묻은 아이는 어디 있을까. 그 아이가 맨 처음 묻은 건 무엇이었을까.

묻고 또 묻고 사랑했던 모든 죽음이여, 안녕하기를.

이 민 하 2000년 《현대시》 등단. 시집 『환상수족』 『음악처럼 스캔들처럼』 『모조 숲』 『세상의 모든 비밀』 『미기후』 등이 있음. poemian25@hanmail.net

누가 내게 술 한잔을 사줘도 되냐고 물었어

이병률

옆자리의 누군가가 물었지
술 한 잔을 사줘도 되겠느냐고

북유럽에서 왔다는 사람이 모르는 사람에게 말을 건다는 건
대단하다 못해 넘치는 최선
스웨덴에서 왔다고 했어

용기에다 술의 빨대를 꽂은 것은 북유럽 사람다웠지

스물한 살이라 하길래
입장을 바꿔 내가 사줘도 되느냐고 물으려다 술 한 잔을 받았어
아시아 사람하고 처음 이야기를 하는 거라니
나는 말하는 데 신경을 썼을까

그는 어렸을 때부터 술을 마셨다고 했어
보드카를 마셨겠다고 농담처럼 물었더니 맞대, 그랬대
할머니가 집에서 보드카를 만들었는데
사람들이 알고 있는 맛이랑은 달랐을 거라는 거야

알 수 없지만 달랐을 거야
너의 할머니를 조금이라도 상상할 수 없으니

할머니가 가리키는 산 너머와 너희 집 앞을 흐르는 개울물,
 사탕을 담은 유리병 속 공기, 헛간에 걸어놓은 훈제 생선, 흘린
산딸기 주변으로 몰려드는 개미 떼의 행렬, 며칠 내놓은 술독 이마
에 쌓인 눈들,

네가 올라가서 잠을 자던 다락방이 있는 집은 통나무집인지

너는 아주 긴 여행을 할 거라고 했다
이번엔 내가 술을 사도 되냐고 물었어
시작은 근사하고 그러는 너는 더 근사하고

모르는 사람끼리 만나 작고 시시한 이야기를 쌓아간다는 건
참 경이롭지
모르는 사람끼리 만난 지 얼마 되지도 않아 약속을 한다는 건 더
묘하지

"내가 할머니를 보러 갈게, 너는 여행을 계속해."

내일은 국경 쪽에서 내전이 발발할지도 모르지만
나는 말한 그대로 약속을 꼭 지켜야만 하는 성질머리의 사람이고

지구 반대편의 일과 사람이라면 엄연히 더 그래야 한다고 믿으니

내가 할머니 손을 잡아주러 갈 테니
그러니 세계여, 전쟁을 멈춰주세요

(상상인 여름)

이병률 1995년《한국일보》신춘문예에 시「좋은 사람들」,「그날엔」이 당선되어 작품 활동 시작. 시집『당신은 어딘가로 가려 한다』『바람의 사생활』『찬란』『눈사람 여관』 『바다는 잘 있습니다』『이별이 오늘 만나자고 한다』『누군가를 이토록 사랑한 적』, 산 문집『끌림』『바람이 분다 당신이 좋다』『내 옆에 있는 사람』『혼자가 혼자에게』『그리 고 행복하다는 소식을 들었습니다』 등이 있음. 현대시학작품상, 발견문학상, 박재삼 문학상, 마종기문학상 수상. kooning@empas.com

훔쳐보기

이병초

염소 떼 몰고
더 깊은 산속으로 들어갔다는
친구를 찾아 헤매다가
문득 만났네

빼빼 마른 제 몸에 새옷 해 입히려고 사르락사락 계곡 물소리를
시침질하는 옥수수잎 햇노란 옥수수잎에 눈길이 쏠려 제 심장을
머리통으로 뿜어 올린 맨드라미를

햐 이거, 계곡물도 헷갈리는지
실바람 한소끔 덜어와 졸졸졸 머리를 식히네

(쿨투라 11월)

시 작 노 트

주먹 같은 눈송이가 펑펑 쏟아졌다. 채석강에는 사람이 거의 없었다. 해
삼과 낙지가 담긴 스티로폼을 끼고 소주를 팔던 아줌마들도 없었다. 함박
눈 때문이라고 눈발 입은 바닷바람이 파도에 휘감기고 있었다. 눈발도 파
도도 쉽게 어제가 되지는 않을 것이었다.

이 병 초 1998년 《시안》에서 연작시 「황방산 달」 당선. 시집 『밤비』 『살구꽃 피고』 『까
치독사』 등, 역사소설 『노량의 바다』가 있음. lbc98@hanmail.net

'아를' 아닌 '빈롱' 포트레이트

이
상
옥

사철 매미소리가 들리는
메콩대학교 교정
어둑해지면 자전거를 타고
인근 마트로 가
창도 칼도 없이 지폐 몇 장으로
자신만만하게 이곳저곳
눈에 띄는 망고며 오렌지며 요거트며
포획해도
목숨의 위협도 느끼지 않고
하루치 먹이를 사냥하는,
앞 짐칸에 포획물을 담아
금방 게스트룸으로 운반하고
피도 흘리지 않고 우아하게
선택적 저녁을 먹는
여기는 베트남 빈롱

당신이 그리는 자화상인 양
스마트폰과 셀카봉으로 나를 찍는

(같이 가는 기분 여름)

시 작 노 트

거의 매일 Self-Portrait 사진 작업을 한 지 수 년. 고흐가 '아를'에서 자화
상을 그리듯 '빈롱'에서 스마트폰 내장 디카로 나를 찍었다. 메콩강이 흐르
는 빈롱의 메콩대학교 수업을 마치면 자전거를 타고 인근 마트로 가서 망
고며 오렌지며 요거트를 포획해서 게스트룸으로 가져오곤 했다.

이 상 옥 1989년《시문학》등단. 시집『하늘 저울』등이 있음. 유심작품상, 편운문학상
등 수상. 창신대 명예교수·문덕수문학관장. oklee3@hanmail.net

누에보 탱고

- Adios Nonino

한평생 아버지는 골목 앞 외등처럼
바깥을 살피느라 안쪽은 무심했다
두어줌 불빛 추슬러 빙판이나 달랠 뿐

살수록 헐거워진 나이를 추스르자
반도네온 음계 겹겹 숨어드는 진눈깨비
절반쯤 어둑신하게 뒷모습이 번진다

난데없이 귀 언저리 살갑게 치는 눈발
잘 가세요, 놓친 인사 난분분 흩어지고
그 먼 곳 닿을 수 없어 허공을 켜드는 밤

(오늘의시조 연간집)

시 작 노 트

  Adios Nonino!(아버지, 안녕히…) '피아졸라'에게 아버지는 탱고의 시작
이었고 그 아버지의 죽음은 피아졸라만의 탱고를 탄생케 한 전환점이 되
었다. 춤이 아닌 감상하는 음악으로. 몇 해 전 아버지께서 갑작스레 돌아가
셨다. 생전에 못 다했던 마음의 그늘이 반도네온 음계를 짚어내던 지난겨
울 밤, 섞어 치던 진눈깨비는 왜 그리 살가웠을까.

이승은 1979년 제1회 만해백일장 장원, 문공부 KBS 주최 전국민족시대회로 등단.
시집으로 『첫, 이라는 쓸쓸이 내게도 왔다』 『어머니, 尹庭蘭』 『얼음동백』 『분홍입술횐
뿔소라』외 8권. 백수문학상, 고산문학대상, 중앙일보시조대상 등 수상.
jini-221@hanmail.net

                                               2024 '작가'가 선정한 오늘의 시

화병이 있는 풍경

화병은 언제나 한 계절의 음악이다

정성껏 조율해놓은 꽃들의 악보를 보라

그 곁에 놓인 의자는

친절이 마련한 객석

실비처럼 나직한 꽃들의 눈인사로

그 분위길 받들어주는 화병과의 담소로

때맞춰 오신 손님은

누구나 귀빈이 된다

(시와반시 여름)

이 우 걸

시 작 노 트

　요즘은 사무실에 화병을 두고 생화를 매일 꽂는 그런 풍경을 보기가 어렵다. 70년대만 해도 선생님 책상에 자원해서 꽃을 준비하려는 학생이 있었다. 계절에 어울리는 꽃을 정성 들여 선택하던 학생들, 그런 사랑과 존경을 받던 선생님이 있었다. 그 아름다운 자리에서 손님과 담소를 하던 착한 어느 선생님이 문득 화병처럼 내 눈앞을 스쳐간다.

이 우 걸　1973년 《현대시학》 추천 등단. 시조집 『아직도 거기 있다』 『주민등록증』 『이우걸시조전집』 『모자』 『이명』 등이 있음. 한국시조시인협회 명예이사장.
leewg1215@hanmail.net

이
재
무

산을 오르다가

한 무더기 꽃마리 보았네
바람이 불 때마다
산을 흔들고 있었네

지상에 피어난 푸른 별들
꺾고 싶었지만
뿌리째
정원으로 옮겨 오고 싶었지만

애써 욕망을 누르고 비웠네
태어나 자란 곳에서
살다가 죽는 것은 그들의 권리라네

사랑은 소유하지 않는 것
존재를 지켜 주는 것
찾아가 바라보는 것

언제든 보고 싶을 때
산을 오르면
한 무더기 꽃마리가 있다네

(시작 가을)

이 재 무 1983년 《삶의 문학》 등단. 시집 『섣달 그믐』 『온다던 사람 오지 않고』 『위대한 식사』 『시간의 그물』 『경쾌한 유랑』 『슬픔에게 무릎을 꿇다』 등이 있음. 윤동주문학대상, 소월시문학상, 난고문학상, 편운문학상, 풀꽃문학상 등 수상. 현재 천년의시작 대표이사. poemsijak@hanmail.net

2024 '작가'가 선정한 오늘의 시

파란대문집

세계의 이쪽에서
세계의 저쪽으로
늙은 개 한 마리 불을 끌며 건너갈 때
수선화 활짝 피었다
젊은 내외 세 들었다

왜 왔을까
세계의 저쪽에서 이쪽으로
왜 왔을까
봄눈이 흔적 없이 다녀간 날
벽골로 나란히 누워
연탄불 피워놓고

아, 풍문은
이쪽에서 저 쪽을 볼 수 없다
눈 속에 녹물처럼 검붉게 꽃이 질 뿐
늙은 개 이를 악물고
으르렁대듯, 저 집은

(정형시학 겨울)

시 작 노 트

시내에서 읍내로 이사를 왔다. 이 일이 한 세계의 경계를 넘는 일처럼 낯설었다. 읍내에서는 시내의 일들을 모르고, 시내에서는 읍내의 일들을 모른다. 그리하여 우리가 맞닥뜨리는 모든 비극은 낯설다. 하지만 우리는 정면에서 그 비극의 눈을 똑바로 바라봐야 한다. 파란대문의 안과 밖의 세계는 서로가 볼 수도, 알 수도 없는 것이라 할지라도

이 토 록 2016년《중앙시조백일장》월 장원, 2017년《열린시학》등단. 시조집『흰 꽃, 메별』이 있음. 2017 백수문학 신인상, 2018 천강문학상 시조대상 수상.
badcafe@naver.com

시계의 시간

이희정

끌려가는 듯 보여도 매 순간 끌고 간다
당신은 끝없는 처음, 쉼 없는 끝말잇기

이것은 소인국 이야기
멀리에선 안 보이는

찰나의 궤도 속을 당신과 내가 산다
놓으면 놓칠까 봐 돌아서면 잊힐까 봐

오로지 앞만 보고 사는
얼굴의 운명 속에

멈추면 끝장이라는 시계의 시간을
소소한 일순간이 일생을 견인하듯

분침과 시침이 놓친 시간
초침은 읽고 있다

(정음시조 제5호)

시 작 노 트

　시간의 인식에는 시계에 의한 것과 마음으로 느끼는 시간이 있다. 시간이 흐르는 것은 늘 인식해야 하지만 시간에 얽매여서 살아서는 안 된다는 뜻이 담겼다. 옮겨야 할 걸음이 바쁘다는 핑계로, 혹은 공적인 시간을 놓칠까 봐 머물지 못한 채 순간을 놓치곤 한다. 초침의 시간을 읽는다는 건 자신의 시간을 온전히 살아내는 것이 아닐까.

이 희 정　2019년《경상일보》등단. 시집『내 오랜 이웃의 문장들』이 있음.
pigmom7078@naver.com

팬텀싱어

임
성
구

유령들이 꼭짓점에서
목소리 지문 찍고 있다

꽃처럼 나무처럼
성난 파도 활화산같이

한 음을
올리고 내리는 일
아득한 경전 펼치는 일

동굴 안과 동굴 밖이 똑같은 빛을 낼 때
화음은 무대에서 새싹처럼 자라나고
관객은 감동 무늬를
저장하고 압축하고

5분 안에 전생前生과 먼 후생後生을 오가며
천년을 살고 죽고 천년을 죽고 사는
용광로 펄펄 끓는 쇳물 같은
그런 생을 누려보는 일

(계간문예 가을)

시 작 노 트

삽시간에 불덩이가 들어왔다. 웅장한 화산과 잔잔한 물결의 목소리가 유령처럼 와서 관중을 삼키고 무대에서 사라졌다. 그냥 우두커니 서 있을 수밖에 없었다. 오직 여운과 전율의 힘이다.

시를 쓰는 나도 그렇다고 주문을 왼다. 미세한 응축의 문장으로 당신에게 건너가면서 나무의 값을 해야겠다. 오늘은 푸르름으로 태어나서 단풍으로 활활 타올라서 작열하게 죽겠다는 각오를 다진다. 저들처럼 내일도, 모레도, 변함없이 뜨거운 오늘이 되기를 기도하며….

임 성 구 1994년《현대시조》신인상 등단. 시조집 『복사꽃 먹는 오후』『혈색이 돌아왔다』 『앵통하다 봄』 등, 현대시조 100인선 『형아』, 번역시조집 『성구의 시절인연』이 있음. 제41회 가람시조문학상, 제16회 오늘의시조문학상 등 수상. 시 전문지《서정과현실》편집주간. jaje9@hanmail.net

건너편

건너편 산에서 연기가 피어오른다.
산불이 난 건 아니겠지 하며 우리는
우리가 잘 곳을 만들고 있다.

망치로 단조팩을 땅에 박고
로프를 묶어가면서.

언젠가 아무 이유 없이 만나
아무 일도 아닌 얘기를 나누자던 소원을
이루기 위해 테이블에 둘러앉는다.

하얀 딸기에 대해 이야기한다. 봄에도 녹지 않는 눈을 닮아 만년
설 딸기라 부른다 한다. 생각보다 달지는 않네. 그냥 딸기 맛이네.

생각보다 잘 지내서
우리는 서로를 실망시켰다며 깔깔 웃는다.

노을이 장관이라던 저곳에서
아주 자그마한 비행 물체가 돌아다닌다.
커다란 소리 때문에 헬기가 왔다는 걸 우리는 알게 된다.

일행이 가족과 통화를 한다.
그곳은 괜찮은지 걱정되어 전화를 했다고 한다.
여긴 그 건너편이라고 일행은 답한다.

양말에 발을 넣는 순간을 콘센트에서 코드를 빼는 순간을 땀이 흐르고 티셔츠가 등에 달라붙는 순간을 이제 알아챌 수 있게 되었다는 고백을 하다가

일행은 재 위에 반쯤 남은 생수를 붓는다.
불씨가 없어도 재는 불이 꺼지는 소리를 낸다.

너무 추운 밤에는
옷을 꺼내기 위해 침낭 밖으로 손을 뻗는 것도 어려워진다.
겹겹이 악몽을 덮는 것조차 도움이 되길 바라며

우리는 더 끔찍한 상황을 상상하다
생각보다 무섭지 않네. 그냥 흔한 일일 뿐이야.
애벌레처럼 나란히 누워 서로에게 말을 건넨다.

기적처럼 비가 쏟아진다.
우리는 서로를 흔들어 깨워
바깥으로 나간다.

비에 흙이 물컹해지면 이곳은 더욱 쉽게 무너진다.
랜턴을 들고 우리는
가장자리를 누를 돌덩이를 찾아다닌다.

조금 더 무거운 것
그것을 찾아와야 한다.

시 작 노 트

　누군가에게 전화를 걸어 어디냐고 물을 때. 다 왔다는 뜻으로 상대방이
"이제 건너편이야"라고 답할 때가 있다. 여전히 멀다는 뜻으로 "아직 건너
편이야"라고 답할 때도 있다. 어느 쪽이든 나는 건너편을 보게 된다. 그럴
때 건너편은 내 생각보다 얕거나 깊었던 물속 같이 느껴진다. 건너편 사람
과 눈이 마주친다면, 둘 중 하나가 손을 들 것이다. 나머지 하나도 곧 손을
들겠지.

임 솔 아 시집『괴괴한 날씨와 착한 사람들』『겟패킹』이 있음. sol.a.2772@gmail.com

해인사에서 주식을

윤회와 탈윤회가 부처님 안에서 하나라고 법장스님 말씀하실 때
고개를 끄덕거린 후 해우소 가는 길에 뒷마당에서 휴대전화 앱으
로 주식 시세를 확인하고
　얏호!

　그 기쁨이 아니었으면
　일주문에서 봉황문까지
　빈 지게를 짊어진 모양으로
　허위허위 올라가는 노스님의 걸음에서
　색을 비운 세상을
　보지 못했을 것이다

　살아있는 것은 쉬지 않고 색을 뿜는데
　죄를 덜 묻히는 길은
　어디에 있나,
　생각하며
　그 생각을 덜어내려 하지도 않았을 것이다.

(유심 겨울)

장재선 시집 『기울지 않는 길』 『별들의 위로』, 시·에세이집 『시로 만난 별들』 등이
있음. 한국가톨릭문학상 등 수상. jeijei@munhwa.com

빛과 깃

빛이 허약해지는 겨울에는
바르게
하늘을 바라볼 수 있다

거기에는 늘 새가 있고
태양이 돌아누운 하늘은 새들의 것

혀와 입술이 읽어주는 몸의 연애처럼
기계가 읽어주는 쓸쓸한 소음처럼
뭉근히 울려 퍼지는 날개

책을 덮으면
투명한 몸으로
핏물처럼 번지는 문장

등 뒤척이는 밤을 열면
새들의 눈알이
가시처럼 빛난다

날 수 있을까?

몇 개의 문장으로만
가볍게

무리를 이끄는 한 마리 새가
북쪽으로 나를 재촉하는데

(창작과비평 겨울)

시작노트

    빛은 모든 생명을 순환시키는 하늘의 긴 호흡이다. 그 숨이 약해지는 겨울, 지상의 모든 생명의 숨도 함께 고요해진다. 세상이 옅은 숨으로 속삭이는 것에 대해 생각한다. 눈밭과 하늘 사이를 날아가는 새들이 전해주는 몇 줄의 진실. 그것은 어쩌면 너무 가볍고 경쾌해서 우리를 슬프게 할 수도 있다.

전수오 2018년 제71회《문학사상》시 신인문학상 수상. 시집『빛의 체인』이 있음.
wjsth019@gmail.com

페널티킥

정용구

어쩔 수 없었다면 눈을 감아 주겠니 옛정을 봐서라도 빌미는 주어야지 태클이 너무 깊었다는 그 핑계는 안 댈게

여북하면 그랬을까 이해는 간다마는 느린 화면 네 발끝은 잔뜩 화가 나 있었어 새빨간 할리우드 액션 나를 두 번 죽였고

다 썩은 동아줄을 그러쥔 인저리타임 구석을 노리다가 허공을 가를지라도 각오해 후회는 없기 회심의 꽃놀이패

(서정과현실 상반기)

시 작 노 트

페널티 지역 안에는 늘 절체절명의 위기가 펼쳐진다. 아무리 적군이라도 태클이 깊으면 바로 엘로우 카드가 주어지고 페널티킥은 결승골과 직결되는 최악의 상황으로 연결되기 때문이다. 우리의 삶 또한 늘 긴장과 강경대치가 끝없이 연속되는 험난하고도 살벌한 노정이다. 반칙을 피하면서 적군을 막아낼 수 있는 회심의 꽃놀이패는 어디에 있는 것일까. 아 生即是 苦의 필드여.

정용국 2001년 계간《시조세계》등단. 시집 『난 네가 참 좋다』 『동두천 아카펠라』 등이 있음. 노산시조문학상 수상. (사) 한국시조시인협회 이사장. yong5801@daum.net

하루를 기다리며

나는 하루를 기다리지 못한다
하루를 기다리지 못해 일 년을 기다리고
일 년을 기다리지 못해 평생을 기다린다
어제 하루도 내일 하루도
하루를 기다리지 못해 당신을 기다리지 못한다
기다리지 않아도 당신은 나를 찾아와
내 더러운 욕망의 발을 씻겨주시지만
시궁창에 떨어진 내 눈물도 건져 깨끗이 씻겨주시지만
용서는 당신의 몫이라고
아버지처럼 고요히 내 어깨를 감싸 안아 주시지만
나는 먼 산마루까지 켜켜이 쌓인
당신에 대한 적의도 원한도 버리지 못하고
오늘 하루를 기다리지 못하는 동안
내 평생이 다 지나갔다

(문파 가을)

시 작 노 트

　인생이 기다림으로 이루어져 있다는 것을 깨닫는 순간이 있다. 인생을 기다리기 위해서는 하루를 기다릴 수 있어야 한다는 것도 깨닫는 순간이 있다. 그런데 나는 단 하루도 기다리지 못한다. 결국 내 인생을 기다리지 못한다. 하루를 기다릴 수 있어야 인생은 기다릴 수 있고 인생을 기다릴 수 있어야 사랑할 수 있는데 그러지 못해 안타깝고 고통스럽다. 이제는 하루를 기다리는 힘을 키우는 일이 내 인생의 전부다. 내가 기다리는 노후의 하루 속에는 고통보다 사랑이 더 많았으면 좋겠다. 그래야 죽음이라는 '퇴로'의 길을 걸을 때 더 따뜻하고 힘차게 걸을 수 있다.

정 호 승　1973년《대한일보》신춘문예 시 「첨성대」 당선. 시집 『슬픔이 기쁨에게』 등이 있음. 소월시문학상 등 수상. 대구에 〈정호승문학관〉 있음. si7273@naver.com

주
민
현

실패하는 농담

버드, 어째서 우린 날아가지 못했을까

팔리지 않은 것들을 끌어안고 버드,
우린 그저 모조품상이지만

이렇게 눈이 오는 밤이면
이상하게 생각되지
이 지구에서 너와 내가 만난 일

내 왼쪽 발 옆에
너의 오른쪽 발이 있는 일

척척 걷는다, 척척
어제와 다를 것 없는 오후에

눈이 오고 차가 밀리고
그게 거대한 장관을 이루고
앞 차에서는 한 명이 내려 씩씩대며 걷기 시작하고
우리 차는 부서져 척, 소리를 냈다

우리의 시간 위로
음악이 흐르고
그것은 얼마간 영화처럼 보이고

그런 너와의 오후가 천천히 멈추었다
눈과 함께 쌓인다

척척 걸어간다, 척척
쌓기 위해

버드, 그런데 어째서 우리에겐
허무한 빈 잔과 두 손뿐일까

낙담에도 웃었던 건 우리가 똑같이 바보였기 때문이지

따뜻한 마음이 필요해서 바지를 샀다
새로 산 책엔 그만 한 기쁨이 있고
창밖엔 겨울이 가득하다, 버드

그게 무엇인지 모르면서도 하는 사람들
여기까지 걸어왔으니 계속 걸어가 보자고

겨울밤을 걷는 사람들에게서
연기 같은 입김이 가득하군

예배당과 음악원을 지나

버드, 악보를 버리고 찢으며

새로운 악보를 쥐고
한 무리의 빛 속에서 사람들이 쏟아져 나온다

도시의 춤 도시의 불
신은 우리를 입속에서 돌돌 굴린다

메트로놈 속에 세계의 절망과
비밀을 숨기고

척척 받아 적는다, 척척

마진을 남겨야 하고 재고를 줄여야 하는
줄다리기 속에서
거짓과 비밀 속에서
모든 이야기는 탄생하지

모두가 사라지고 말 거래
하지만 언제나 사라지지 않는 이야기를
더 좋아하고
뭐든 쉽게 사라지지 않는다
숨이 붙는다 끈질기게

쉽게 신을 용서하지 않고
삶을 이해하지 않으면서도

그림 속에서 거의 무너져 가는 집을 그럼에도 끝까지 그린다는
것은 무슨 의미인가?

우린 이야기가 아주 좋아서
조용히 멈춰 선 사람

그것은 조용히 아름답고 강하다, 불에 잘 견딘다.
주머니를 흔들면 가득한
버드, 우리의 가짜 아이들처럼

들어봐, 버드
세계의 다리가 툭 하고 부러졌지

툭하면 울어서
우리는 자주 돌을 맞았지

경찰에 쫓길 때에도
무일푼이 됐을 때에도

우린 어쩌면 같은 말을 반복하는 거야
같은 지점을 영원히 선회하는 거야

로봇청소기처럼
레코드판처럼

그럼 우리 다리 밑이 깨끗해지지
우리 귀가 더없이 깨끗해지지

삶은 자주 실패하는 농담 같고

버드, 창을 넘을 땐 발밑을 조심하라고
말할 땐 대개 이미 늦었지

(현대시 6월)

시 작 노 트

　간밤에 눈이 많이 내렸다. 낮에는 조금씩 녹아 전신주 밑으로, 나무 밑
으로, 건물 아래로 떨어졌다. 지나가는 사람들 머리 위로, 불현듯 오는 행
운이나 불행처럼, 드문드문 랜덤하게. 요즘 가장 소중한 게 무엇인지에 대
해 누군가 질문을 던졌고, 가장 소중한 게 시이든, 시 아닌 그 무엇이든, 때
때로 낙담과 실패 속에 하루가 지나간다. 그런 나날 중에 좋은 게 오기도
하고. 뭔지 모를 좋은 것이 올 거란 근거 없는 기대와 희망으로 하루가 간
다. 오늘 쓸 수 있는 최선의 문장 그 다음에 올 또 다른 문장을 기다리는 힘
으로.

주 민 현　2017년 《한국경제신문》 시 부문 등단. 시집 『킬트, 그리고 퀼트』 『멀리 가는
느낌이 좋아』가 있음. 창작동인 〈켬〉으로 활동 중. 1003jmh@naver.com

자와어를 쓰는 저녁

　동네에는 담장이 없는 집들이 오래된 나무 창문을 달고 나란하게 서 있다. 사람들은 하루에 다섯 번씩 사원에서 들려오는 아잔 소리를 들으며 발을 씻는다. 바틱 문양 타일 위에 둥글게 앉아 꾸란을 읽는다. 해가 저물면 긴 사롱을 걸친 남자들이 등나무 빗자루를 들고 흙 마당을 쓴다. 입꼬리를 올리고 우물거리며 이국 여자에게 저녁 인사를 한다. 젊은 남자는 앞니가 하나도 없고, 아침에 죽은 아버지를 해가 지기 전에 묻었다고 낮은 돌담이 서 있는 동네 묘지를 가리킨다. 묘지를 둘러싼 깜보자 나무에서 노란 꽃 무더기가 툭툭 떨어져 내린다. 자바에선 초상이 나면 대문 앞에 노란 깃발을 걸어 둔다. 우리는 작고 노란 삼각 깃발을 함께 거두고 때 묻은 나무 의자에 나란히 앉았다. 남자가 찌그러진 은색 포크를 들어 판단잎으로 쪄 낸 꾸에를 건넨다. 검은 아렌설탕 냄새가 입 안 가득 퍼진다. 어린 날 내 아버지가 입에 물려주었던 박하사탕처럼 속이 환한 슬픔이 고인다. 우리는 서로에게 닿아본 적 없는 언어로 아버지를 생각한다. 아버지의 이름이 노란 깃발처럼 접히고 접혀서 부호 하나로 사라진다. 앞니가 없는 남자와 이국 여자는 서로의 어깨를 짧게 두드린다. 바나나 나무 그림자가 의자 위로 털썩 주저앉는다. 저녁 아잔 소리가 묘지 쪽으로 흘러 간다.

(창작과비평 겨울)

채 인 숙 2015년 오장환신인문학상에 「1945, 그리운 바타비아」 외 5편의 시가 당선되어 등단. 시집 『여름 가고 여름』이 있음. zemmachaejkt@gmail.com

최
광
임

한밤의 소요

바람의 덩치가 어둠만큼 커요
나는 며칠째 마늘을 까고 있어요
단순 작업은 한밤중과 친하죠
작은 창문이 덜컹 덜컹 컹컹컹 짖어요
놀란 칼끝은 왼손의 엄지손가락 위로 미끄러져요
마늘 껍질처럼 유리창이 벗겨지는 듯해요
지붕 위 빗소리 다다닥 튀는데
겁도 없이 고라니가 울어요
술 취해 고함지르는 노인도 저런 소리였죠
벽난로 연통으로 역류한 바람이 장작불을 흔들어요
불길을 잃어버린 불꽃이 위태로워요
세이렌의 긴 머리처럼 풀어지네요
제발 저 바람 좀 치워주세요
십자가 대신 마늘을 던져야겠어요
귀신 잡는 해병대는 옛말이라네요
마늘에서 크레솔 냄새가 나지는 않겠지만,
멧돼지가 울지 않는 건 참 다행이에요
비바람에서 야생동물퇴치기의 경보음이 울려요
이제 고라니도 더는 울지 않네요
아직 동면에 들지 못한 뱀이 조난하면
귀가 없는 뱀을 어떻게 구출하죠
인시를 넘긴 닭들이 울지만, 지축이 울리는 건 아니에요
땅을 흔들어야 뱀이 움직여요
철없는 멧돼지 새끼라도 움직였으면 좋겠어요

2024 '작가'가 선정한 오늘의 시

나뭇가지에 깃든 새들은 오늘 밤의 격랑을
제의의 시간으로 여기는 걸까요
쩍소리도 없는 새들은 필경
바이킹의 조상이었을 거예요
나에게도 끌과 조개 굴 따위가 아니라
칼과 마늘이어서 얼마나 다행이에요
벽난로의 장작이 불길을 잡았어요

(시작 겨울)

최광임 2002년 《시문학》 등단. 시집 『내 몸에 바다를 들이고』 『도요새 요리』, 디카시 해설집 『세상에 하나뿐인 디카시』가 있음. 2011년 서울문화재단 창작기금 수혜. 2015 년 대전문학상 수상. 현재 《시와경계》 발행인. 계간 《디카시》 주간. 두원공과대학교 겸 임교수. cmjk21@naver.com

최동호

솔방울 소리 천둥 치는 밤

폐교 작업실에서
혼자 잠들면
달밤에 쾅쾅
문 두드리는 소리 나고
몇 밤 더 지나면
지붕
뚫어져라 천지를 때리는
솔방울 소리
야심한 밤
폐교에 메아리칠 거요

(유심 겨울)

최동호 1979년 《중앙일보》 신춘문예 당선. 《현대문학》 추천을 통해 문단활동 시작. 시집 『황사바람』『아침책상』『딱따구리는 어디에 숨어 있는가』『공놀이하는 달마』 『불꽃 비단벌레』『얼음 얼굴』 등이 있음. 현대불교문학상, 고산윤선도 현대시 대상, 박 두진문학상 등 수상. cdhchoi@hanmail.net

아버지와 아들

최 영 효

아들과 아버지가 수술대에 나란히 누워
상한 간을 훔쳐내고 성한 간을 나눈다
함부로 뱉을 수 없고 건넬 수 없는 사랑

굽은 길 진창길만 걸어온 아버지는
몇 번을 주저앉고 몇 번쯤 울었을까
바른 길 마른 길 찾아 아들이 걸어가라고

아버지의 아버지와 그 아버지의 아버지처럼
아들의 아들과 그 아들의 아들까지
뼈와 살 오장육부가 피붙이로 흐르는 강에

(개화 제32호)

시 작 노 트

　매미는 여름 한철 온 산을 휘젓고 운다. 그중에서도 참매미의 울음이 가장 힘차고 처절하다. 버마재비나 참새가 무서운 게 아니라 한 생을 온몸으로 살고 싶은 몸부림이다. 여름이 가기 전에 산을 들었다 놓기 위해서는 무엇보다 울림통이 커야 한다. 예로부터 목소리 큰 싸움꾼이 이긴다고 했다.

최 영 효　2000년 《경남신문》 신춘문예 당선. 시집 『아무것도아닌것들의』 등이 있음.
김만중 문학상, 천강문학상, 중앙시조대상 수상. porvenir@hanmail.net

하
재
연

여름 판타지

반구의 너머로부터 네가 도착한다
이십 년이 지난 후에야

이렇게 시작되는 대본을 쓰는
창밖으로는 눈이 쏟아진다 클리셰가 난무하는
장르 드라마처럼

과거에서 미래로 열려 있는
창문틀이 육체처럼 삐걱거리고 있다
나의 시간들이 새어나가고 있다

기화하는 탄산에게 사로잡힌
탄산수의 나머지 심정으로

종반부가 다가온다
지면을 덮는다
흰 백지와 같이 절대적으로

이십 년 후의 네가 이상하게 아름다워서
나의 마음을 아프게 한다

눈은 이제 폭설이 되어가며
결말을 준비하고

마지막 장을 덮고서야
여름의 파도소리는 시작된다

지구의 건너편 반구에서부터
기억처럼 도래하는 방식으로

(청색종이 여름)

시 작 노 트

이 삶을 다시 살 수 있을까. 시간을 되돌릴 수 있을까. 헛되고 쓸모없는
상상이 우리를 아프게 한다. 아픔의 감각마저 사라진다면, 그건 이곳의 삶
이 아닐 것이다. 시간 여행자로서, 나와 같이 생긴 젊은 '나'를 바라보는 나
로서도 그 '나'를 어찌할 수 없는 것처럼. 쓰이고 있는 삶 앞에 나는 속수무
책으로 서 있는 것만 같다. 그럼에도 이후에서야 시작되는 계절, 그것이 있
을 거라는 또 다른 환상.

하 재 연 2002년《문학과사회》신인문학상을 받으며 작품 활동 시작. 시집 『라디오 데
이즈』 『세계의 모든 해변처럼』 『우주적인 안녕』이 있음. *hahayoun@hanmail.net*

불타는 열차

우리는 모두 뜨거운 수프 같은 열차를 탄 적이 있다
도적이 되어
혹은 야반도주자가 되어
덜컹대는 사연에 올라탄 적이 있다

대개는 취기에 기대어
다시 안 올 거라고 침 몇 번 뱉으며
은하철도에 올라탄 적이 있다

득의양양했지만 마음은 한없이 무너졌으며
두고 온 것들은 어쩌면 그렇게 또렷하게
스테인드글라스처럼 어두운 차창에서
되살아났는지

밤 열차에선
지친 사람들이 조각상처럼 줄지어 쓰러져
누군가는 귤을 씹고 누군가는 계란을 까곤 했다

사랑받고 싶었지만 그렇지 못했고
죽고 싶었지만 그것을 못 했던 조각상들

굵은 점선 같은 철로를 따라
슬픈 여자들은 쉼 없이 알을 낳고
남자들은 피를 닦아내고 있었다

잠들지 못하는 아이는
공주를 그리고 또 그렸고

거칠어진 공기를 뚫고 뜨거워진 열차는
이제 아무데도 갈 수 없는 사람들을 태우고

옥수수 밭으로 들어가는 얼룩무늬 뱀처럼
막다른 세월 속에서
아주 짧은 석양이 되고 있었다

(문장웹진 11월)

허 연 1991년 《현대시세계》 등단. 시집 『불온한 검은 피』 『나쁜 소년이 서 있다』
『당신은 언제 노래가 되지』 등이 있음. 현대문학상, 한국출판학술상 등 수상.
kebir@naver.com

홍일표

이후

비바람 지나고
나무 아래 마른 그림자들이 떨어져 있다

숨어서
오래 죽음을 참고 있던 나뭇가지들이 결단한 날
크고 작은 삭정이들이 유골처럼 흩어져 있다

늙고 병든 너의 손마디 같다
바싹 말라 툭툭 부러지는
슬픔의 마디들

나뭇가지 사이에 남루한 몸을 감추고
남아 있는 눈물 한 방울마저
온몸을 비틀어 날려 보낸 삭정이들
그 끝에서 환하게 열리는 허공

깡마른 저녁의 허기 같은 네가
이제 다 되었다며 미련 없이 죽음을 결행한 여름밤처럼

부서져야 닿는 곳이 있다
삭정이들이 제 육신을 부러뜨려 가리키는 방향
제자리로 돌아와 새로 태어난 아침이 초면의 햇살을 맞이한다

뼈가 투명해지는 가을의 중심에서
물푸레나무의 이파리들이 조금씩 표정을 바꾼다

피의 감정을 모르는 그림자에 너의 이름을 기록할 수 없겠다

(시와징후 여름)

홍 일 표 1992년《경향신문》신춘문예 등단. 시집 『매혹의 지도』 『밀서』 『나는 노래를 가지러 왔다』 『중세를 적다』 『조금 전의 심장』, 평설집 『홀림의 풍경들』, 산문집 『사물 어 사전』, 동시집 『괴물이 될 테야』 등이 있음. phyo58@hanmail.net

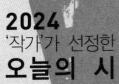

2024
'작가'가 선정한
오늘의 시

「여름 판타지」시평_홍용희

초공간의 물리적 마법 서사

하재연 시인 인터뷰_소유정

밀려오는 시의 물결이 되어

초공간의 물리적 마법 서사

— 하재연의 「여름 판타지」

홍용희(문학평론가)

반구의 너머로부터 네가 도착한다
이십 년이 지난 후에야

이렇게 시작되는 대본을 쓰는
창밖으로는 눈이 쏟아진다 클리셰가 난무하는
장르 드라마처럼

과거에서 미래로 열려 있는
창문틀이 육체처럼 삐걱거리고 있다
나의 시간들이 새어나가고 있다

(중략)

이십 년 후의 네가 이상하게 아름다워서
나의 마음을 아프게 한다

눈은 이제 폭설이 되어가며
결말을 준비하고

마지막 장을 덮고서야
여름의 파도소리는 시작된다

지구의 건너편 반구에서부터
기억처럼 도래하는 방식으로

– 하재연, 「여름 판타지」 부분

하재연의 「여름 판타지」의 낭만적 공간 서사이다. 여기에 시간
성은 없다. 그래서 시적 캔버스에는 시간의 인과론적 질서로부터
자유롭다. 시적 정조와 화법이 가볍고 경쾌하고 몽환적인 까닭이
여기에 있다. 시간이 없는, 시간이 흐르지 않는 세계이기에 공간적
거리는 의미가 없다. 고전역학과 변별되는 양자 얽힘의 무한 도약
적 상상이 가능해지는 자리이다. 이를테면, 무한의 공간적 거리와
무관하게 상호 관계성을 지닌 대상과는 상응하는 반응이 동시적으
로 일어난다.

그래서 시적 사건, 표식, 상황이 동시성의 판타지로 펼쳐진다. 과
거와 현재의 사건이, 여름과 겨울의 절기가 동시에 전개될 수 있다.
"반구의 너머로부터 네가 도착한다/이십 년이 지난 후에야". 네가
도착하는 시기가 이십 년 후인지, 도착하기로 예정된 시기보다 이
십 년이 지난 후인지는 명확하지 않다. 그러나 이것은 중요하지 않
다. "과거에서 미래로 열려 있는/창문틀"안에서 이 둘의 의미는 중
첩성을 지닌다. "과거에서 미래로 열려 있는/창문틀"은 시간이 흐
르지 않고 얼어붙은 강물처럼 정태적인 입체적 공간이기 때문이
다. "창문틀이 육체처럼 삐걱거"린다. "나의 시간들"이 "기화하는
탄산"처럼 "새어나"갈 것이 염려된다. 과거-현재-미래가 함께 공
존하는 입체적 공간성이 와해될 수 있기 때문이다. 이때 화자의 판
타지적인 사랑의 서사는 깨어지게 된다.

시적 화자 앞에는 "이십년 후의 네가" 나타난다. "이상하게 아름다워서/나의 마음을 아프게 한다". 상위 차원의 초공간에서 조망하는 입체적 공간 서사에 대한 총체적 직시이고 감상이다. "눈은 이제 폭설이 되어가며/결말을 준비"한다. 얼어붙은 시간의 강물이 다시 흐르기 시작한다. 겨울은 "여름의 파도 소리"로 뒤덮이기 시작한다. 이제는 이 모든 것이 "기억처럼 도래하는 방식으로"다가온다. 선형적 시간 질서가 지배하는 '지금, 여기'의 현재가 복원되는 지점이다. 과거는 기억된 현재로 남지만 미래는 망각된 현재로 아득히 사라져 간다.

미래학자 아서 클라크는 '극도로 발전한 과학은 마법과 구별할 수 없다.'고 했다. 하재연은 미래 과학의 마법에 편승하여 상위 차원의 공간에서 자신의 삶과 사랑의 서사를 체험하고 있었던 것이다. 상위 차원에서 감상하는 현존재의 시공에 대한 깊고 거시적인 마법적 사유와 감상이다. 한편, 이것은 또한 시적 화자의 원형 상상과도 연관된다. 의식적 질서 저편의 집단 무의식의 원형성이 감지하고 감각하는 근원적 자아의 삶의 범주로 해석된다. 집단 무의식의 원형성은 우주적 지평으로 열린 초공간의 전일성을 살고 있기 때문이다.

이렇게 보면, 퀀텀quantum적 도약과 무의식적 원형성의 동시성이 몽환적 화법 속에 신묘하게 감지되는 시편이다. '2024 쿨투라 어워즈' 설문에 이 작품이 단연 선명하게 부각된 것은 바로 이러한 상상력의 놀라움에 있으리라.

홍용희 경희대 국문과 및 동 대학원 졸업. 1995년《중앙일보》신춘문예 평론 등단. 저서『김지하 문학연구』『한국문화와 예술적 상상력』『꽃과 어둠의 산조』『아름다운 결핍의 신화』『대지의 문법과 시적 상상』『현대시의 정신과 감각』『김지하 마지막 대담』등이 있음. 젊은 평론가상, 애지문학상, 시와시학상, 김달진 문학상, 유심문학상, 편운 문학상 수상. 경희사이버대학교 미디어문예창작과 교수. chaenjan@naver.com

「여름 판타지」

하재연 시인

2002년 《문학과사회》 신인문학상을 받으며 작품 활동을 시작했다. 시집 『라디오 데이즈』 『세계의 모든 해변처럼』 『우주적인 안녕』이 있다.

밀려오는 시의 물결이 되어

- 2024 오늘의 시 「여름 판타지」의 하재연 시인

인터뷰어_소유정(문학평론가)

가끔은 아주 이상하고도 선연한 감각에 휩싸일 때가 있다. 이를테면 새해가 된 지 한 달이 되었는데도 여전히 지난 해에 살고 있는 것만 같다거나 한참이나 지나버린 시간의 기억들이 문득 낯선 얼굴로 끈질기게 따라붙는다거나 하는. 대부분 나 자신으로부터 비롯된 이 감각은 때때로 시차를 두고 우리를 찾아온다. 지난 날의 나인 것 같지만 과거의 나라고 단정지을 수 없는 어느 시간의 나를 보며 한 사람에게 만들어지는 어떤 틈에 대해 오래 생각하게 되었다. 물건이나 기계의 연결부가 꼭 들어맞지 않아 유격이 생기듯 사람에게도 틈이 발생할 수 있다. 그것은 나와 타인과의 관계에서도 유효하지만 시간이 지나 아주 멀리서 도착하는 나 자신처럼 나와 나 사이에서도 가능한 것이다. 하재연의 시는 이 미세한 틈을 면밀히 들여본다. 말하는 이가 감각하는 나와 나 사이의 시차는 겨울에 여름을 떠올리고, 지구 반대편의 계절을 상상하는 것처럼 멀지만 밀려오는 파도의 물결처럼 단번에 눈앞에 놓일 수 있는 것이기도 하다. 발 끝에 닿아 나를 부르는 이 물결의 언어에 대해 하재연 시인과 함께 이야기를 나눠 보았다.

© Jonki © Korean Literature Now, LTI Korea

소유정   안녕하세요, 축하 인사를 드리는 것으로 인터뷰를 시작
할 수 있어 기쁜 마음입니다. '2024 쿨투라 어워즈' 오늘
의 시로 하재연 시인의 「여름 판타지」가 선정되었어요.
이 시는 "반구의 너머로부터 네가 도착한다"는 문장으로
시작하는데요. 마치 첫 문장처럼 여름의 시가 겨울에 좋
은 소식을 가지고 도착한 것 같아요. 수상 소식을 듣고 어
떠셨나요?

하재연   안녕하세요, 소유정 선생님. 함께 기뻐해주셔서 고맙습니
다. 말씀해 주셨듯이 겨울에 도착한 여름의 소식처럼 뜻
밖이었습니다. 「여름 판타지」라는 작품은 물론 여름에 쓰
이긴 했지만, 시 안에 눈 내리는 겨울의 풍경이 더 우세한
것처럼, 시를 읽는 이들에게는 여름이라는 계절 안에서
그릴 수 있는 어떤 판타지에 관한 것으로도, 또는 상반된
계절에 떠올리는 여름에 대한 판타지로도 읽히고 싶었거

든요. 그런데 계절이 지난 후에 선정 소식과 함께 작품을 다시 마주하게 되니, 제게도 어떤 계절을 돌아 느리게 도착한 노래가 재생되는 기분이었습니다. 그리고 그 노래를 다른 이들이 함께 들어주시는 기분이었어요. 이런 기분을 느낄 수 있도록, 함께 읽어 주시고 호명해 주셔서 기뻤습니다.

소유정　최근 여름이라는 계절을 적극적으로 내세우는 시(집)들이 눈에 띄고 있는데요. 제게 있어서 늘 맨앞에 놓이는 여름 시는 시인님의 것이었어요. 수상작인 「여름 판타지」도 그렇고, 시 안에서 불러오는 계절로 여름이 큰 비중을 차지하는 것 같아요. 시인님께 여름은 어떤 계절인가요?

하재연　여름은 지나고 있는 동안에는 그 안에 있는 내 자신에 대해 실감하지 못하고 있다가, 그 계절이 끝나고 낡음을 알아차릴 때야 내가 느꼈던 감정과 감각이 선명해지는 계절인 것 같아요. 너무 강렬하게 쏟아지는 햇살 속에 서 있을 때 인물의 실루엣이 잘 그려지지 않는 것처럼요. 고통의 감각이든, 차가움의 감각이든 그것을 겪는 동안이 너무 격렬해서 그런 걸까요. 여름의 강렬한 대비들을 사랑합니다. 그런데 제 시집에는 여름만큼 겨울도 많이 등장하긴 합니다. (웃음)

소유정　지난 가을에는 산문집 『내게 와 어두워진 빛들에게』문학과지성사, 2023를 출간하셨었지요. 작년 여름은 어떻게 보내셨을까 궁금했었는데, 아무래도 책 작업에 시간을 많이 쓰지 않으셨을까 싶어요. 마침 산문집 안에도 같은 제목의 글「여름, 판타지」이 있어 반갑기도 했고요. 시인님 개인의 기억이 묻어난 글들도 좋았지만, 제게는 '여성 작가'

라는 공통 감각을 공유할 수 있는 부분들이 유독 마음에 남아 힘껏 밑줄을 그었던 책이었습니다. 첫 산문집을 출간한 소회도 들어볼 수 있을까요?

하재연 산문집을 묶으며 원고를 선별하고, 손보고, 편집하는 과정도 오래 걸렸지만, 꽤 시간이 지난 글들을 지금 묶어내는 의미가 있을까, 라는 질문에 대답을 만들어내는 과정이 더욱 오래 걸렸던 것 같아요. 이 과정에서 지치지 않고 용기를 불어넣어 준 출판사와 편집자 분들에게 참 감사한 책입니다. 원고를 선별하고 책의 체재, 배열을 바꾸어나가는 과정에서 시집보다 훨씬 더 많이 편집자님과 소통하는 경험을 하게 되었는데, 여기에 시집과는 다른 재미와 보람이 있었어요. 소유정 선생님이 말씀하신 '여성 작가'라는 공통 감각에 대한 공감을 편집자 분들과 함께 나누기도 했고, 산문집 낭독회에서 독자 분들도 나누어주셔서 저도 제가 쓴 것 이상의 것을 받았지 않나 싶습니다. 저의 지난 여름을 관통하는 시와 산문이 이번 어워즈의 선정작인 시 「여름 판타지」와 산문집의 『여름, 판타지』인데, 나란히 읽어주셔도 재미있을 것 같습니다.

소유정 수상작 「여름 판타지」에 대한 이야기를 해 볼까요? 처음에는 선명하게 그려지는 장면이 있었어요. 책상 앞에 앉아 눈이 내리는 창문을 바라보는 한 사람처럼요. 그런데 흰 눈이 내려 앉은 백지에 "반구의 너머로부터 네가 도착한다 / 이십 년이 지난 후에야"라는 첫 문장을 쓴 순간, "클리셰가 난무하는" 현실에 무언가 뒤섞이기 시작하는 느낌이에요. 그것은 "반구의 너머" 계절일 수도, 과거와 미래일 수도, 잊고 있던 어떤 기억일 수도 있겠지요. 혼란

반구의 이쪽과 저쪽에서 발생하는 정반대의 계절감, 과거와 미래에 사로잡혀 현재를 상실하는 감각, 그리고 쓰여져 버린 것들과 이후에서야 시작될 수 있는 것들 사이에서, 파도처럼 계속해서 밀려오는 기억과 감정들에 대해 써보고 싶었습니다.

한 가운데 "마지막 장"이 덮이고, 그 사이의 기록들은 어떤 이야기를 담고 있는 기억일지가 궁금해지는 시였어요. 쓰이지 않은 것들이 많다고 느껴지기도 혹은 모두 썼지만 쌓인 눈 아래 감춰진 것 같기도 했는데요. 시 바깥에 남은 이야기들을 좀 더 들어보고 싶습니다.

하재연 이 시의 제목은 「여름 판타지」이지만 시의 끝 무렵에 이르기 전까지 여름을 느끼게 하는 장면이 등장하지 않아요. 지구의 건너편에 있는 누군가는, 내가 겪고 있는 계절과는 완전히 다른 계절을 지나고 있다는 이상한 동시성에 대해 생각하며 시를 썼습니다. 우리가 어떤 사람을 느닷없이 사랑하게 되었을 때, 십 년만 먼저 또는 이십 년만 먼저 그 이를 만났다면 어땠을까 상상하게 될 때가 있잖아요. 그런데 그런 가정이나 상상은 헛되고 의미 없지만 부질없이 반복된다는 점에서 클리셰 같기도 하죠. 무의미한 줄 알면서도 그런 시간의 흐름 속에 몸을 맡기고, 이리 저리 쓸려 다니기도 하는 불가항력적인 부분이 우리 삶에 있지 않나 싶어요. 시를 잘 읽어주셨는데요. 반구의 이쪽과 저쪽에서 발생하는 정반대의 계절감, 과거와 미래에 사로잡혀 현재를 상실하는 감각, 그리고 쓰여져 버린 것들과 이후에서야 시작될 수 있는 것들 사이에서, 파

처음에는 선명하게 그려지는 장면이 있었어요. 책상 앞에 앉아 눈이 내리는 창문을 바라보는 한 사람처럼요. 그런데 흰 눈이 내려앉은 백지에 "반구의 너머로부터 네가 도착한다/ 이십 년이 지난후에야"라는 첫 문장을 쓴 순간, "클리셰가 난무하는" 현실에 무언가 뒤섞이기 시작하는 느낌이에요.

도처럼 계속해서 밀려오는 기억과 감정들에 대해 써보고 싶었습니다.

소유정 이 시에서 화자는 '이십 년 후의 너'를 떠올리고 있어요. 처음에는 미래의 자신을 그려보는 것이 아닐까 싶었는데요. 미래가 '나'의 '있음'을 확언할 수 없는 시간이라면, '너'는 화자가 사랑하고 영영 그리워할 대상일지도 모르겠어요. '너'는 어떤 존재이길래 '나'로 하여금 이렇게 슬픔을 느끼게 하는 걸까요?

하재연 읽어 주신 것처럼, 이십 년 후의 '너'는 여기와 건너편, 과거와 미래의 시공간 속에 나오는 엇갈릴 수밖에 없는 존재입니다. 그와의 조우는 흰 백지와 같은 어떤 만들어진 프레임 속에서만 가능한 것이죠. 그러니 그에 대한 사랑도 결국은 판타지 같은 것일 텐데요. 삶도 이런 것일지 모르겠어요. 결국 이상한 엇갈림들로 미만한 삶 가운데, 꿈꾸던 계절의 장면은 어떤 종결 이후에야 가능한 것. 아니 사실은 우리가 살아갈 것으로 예정되어 있는 삶의 프레임 안에서는 결코 실현되지 않는 것. 너무 비관적일까요? 그래도 저는 끝내 '아름다운 너'에 대한 사로잡힘을 포기하지는 못한 것 같습니다.

소유정 어느덧 20년이 넘게 시를 써오신 셈인데요. 멈추지 않고 계속해서 쓰게 하는 동력은 무엇일지 궁금합니다.

하재연   무엇일까요? 저도 궁금하긴 합니다만, 산문집에 썼던 것처럼 쓰고 있지 않을 때의 나보다는, 쓰고 있을 때의 나가 조금은 더 견딜 만한 인간이라서가 아닐까 싶고요. 좋은 텍스트를 남겨준 작가들, 또 지금도 열심히 쓰고 있는 많은 동시대 작가들의 글에서도 자극과 힘을 동시에 얻습니다.

소유정   세 번째 시집인『우주적인 안녕』문학과지성사, 2019이 출간된 지 5년 가까이 되었어요. 시집은 정말 오래 고민하고 내시는 것 같아서 전작들의 기간을 보면 아직 조금 기다려야 되나 싶은데요. 독자로서는 얼른 다음 시집을 만나고 싶은 마음이에요. 앞으로의 출간 계획을 듣고 싶습니다.

하재연   묻고 기다려 주시는 분들께 감사합니다. 새로운 시집 출간을 계약한 지도 꽤 되었는데, 제가 워낙 쓰는 속도가 느립니다. 발표한 작품들을 고치거나 고르는 일에도 시간을 많이 들이는 편이고요. 올해는 작품도 더 많이 쓰고, 시집을 묶는 데도 더 힘을 기울이고 싶습니다. 이번 선정을 그 계기와 동력으로 삼게 되어 다시 한 번 감사한 마음입니다.

소유정   마지막 질문입니다. 「여름 판타지」의 장면을 빌려 여쭙고 싶어요. 시인으로 한 권의 책을 남길 수 있다면, 마지막 장에 쓸 한 문장은 무엇인가요?

하재연   생각해 본 적 없었는데, 질문을 들으니, "죄송합니다"라는 한 마디가 떠오릅니다. 올리버 색스는 임종 전에 남긴 책 제목이『고맙습니다』였는데, 저라는 인간은 그런 것 같아요. 마지막이라고 상상하니, 인간으로 이 세상에 태어나 살아가며 저지르고 더럽힌 수많은 일들에 대해 과연 속죄 받을 수 있을까 하는 마음이 생깁니다. 그럴 수 있다 해도, 이미 쓰이고 결말이 나버린 책을 다시 쓰기는 어려울 것 같지만요. 다시 쓸 수 있는 기회가 또 한 번 주어진다고 해도, 더 좋은 책을 쓰지는 못하는 것이 인간의 삶인 것도 같군요.

소 유 정 2018년《조선일보》신춘문예 문학평론 부문에 「'사이'를 여행하는 히치하이커—이제니의 시 읽기」가 당선되어 비평 활동을 시작. 저서로 산문집 『세 개의 바늘』과 비평 연구서 『끝없이 투명해지는 언어』(공저)가 있음. *soyujj@naver.com*

【 '작가'가 선정한 오늘의 시 】시리즈

2002 '작가'가 선정한 **오늘의 시&시조**_ 고두현 「귀로」 外
기획위원 / 이우걸 장경렬 이경철 유성호 홍용희 김춘식 신국판 / 값 7,000원

2003 '작가'가 선정한 **오늘의 시**_ 신경림 「낙타」 外
기획위원 / 이지엽 맹문재 오형엽 신국판 / 값 8,000원

2004 '작가'가 선정한 **오늘의 시**_ 문태준 「맨발」 外
기획위원 / 문혜원 맹문재 유성호 신국판 / 값 8,000원

2005 '작가'가 선정한 **오늘의 시**_ 문태준 「가재미」 外
기획위원 / 문혜원 맹문재 유성호 신국판 / 값 8,000원

2006 '작가'가 선정한 **오늘의 시**_ 송찬호 「만년필」 外
기획위원 / 유성호 박수연 김수이 신국판 / 값 9,500원

2007 '작가'가 선정한 **오늘의 시**_ 김신용 「도장골 시편—넝쿨의 힘」 外
기획위원 / 유성호 박수연 김수이 신국판 / 값 10,000원

2008 '작가'가 선정한 **오늘의 시**_ 김경주 「무릎의 문양」 外
기획위원 / 이형권 유성호 오형엽 신국판 / 값 10,000원

2009 '작가'가 선정한 **오늘의 시**_ 송재학 「늪의 內簡體를 얻다」 外
기획위원 / 이형권 유성호 오형엽 신국판 / 값 10,000원

2010 '작가'가 선정한 **오늘의 시**_ 진은영 「오래된 이야기」 外
기획위원 / 유성호 홍용희 이경수 신국판 / 값 10,000원

2011 '작가'가 선정한 **오늘의 시**_ 심보선 「'나'라는 말」 外
기획위원 / 유성호 홍용희 함돈균 신국판 / 값 12,000원

2012 '작가'가 선정한 **오늘의 시**_ 안도현 「일기」 外
기획위원 / 유성호 홍용희 함돈균 신국판 / 값 12,000원

2013 '작가'가 선정한 **오늘의 시**_ 공광규 「담장을 허물다」 外
기획위원 / 유성호 홍용희 함돈균 신국판 / 값 12,000원

2014 '작가'가 선정한 오늘의 시 _ 이원 「애플 스토어」 外
기획위원 / 유성호 홍용희 함돈균 신국판 / 값 12,000원

2015 '작가'가 선정한 오늘의 시 _ 유홍준 「유골」 外
기획위원 / 유성호 홍용희 함돈균 신국판 / 값 14,000원

2016 '작가'가 선정한 오늘의 시 _ 박형준 「칠백만원」 外
기획위원 / 유성호 홍용희 함돈균 신국판 / 값 14,000원

2017 '작가'가 선정한 오늘의 시 _ 나희덕 「종이감옥」 外
기획위원 / 유성호 홍용희 나민애 신국판 / 값 14,000원

2018 '작가'가 선정한 오늘의 시 _ 신철규 「심장보다 높이」 外
기획위원 / 유성호 홍용희 함돈균 신국판 / 값 14,000원

2019 '작가'가 선정한 오늘의 시 _ 유계영 「미래는 공처럼」 外
기획위원 / 유성호 홍용희 나민애 전철희 신국판 / 값 14,000원

2020 '작가'가 선정한 오늘의 시 _ 안희연 「스페어」 外
기획위원 / 유성호 홍용희 함돈균 신국판 / 값 15,000원

2021 '작가'가 선정한 오늘의 시 _ 허연 「가여운 거리」
기획위원 / 유성호 홍용희 함돈균

2022 '작가'가 선정한 오늘의 시 _ 김민정 「반투명」
기획위원 / 유성호 홍용희 함돈균

2023 '작가'가 선정한 오늘의 시 _ 박소란 「숨」 外
기획위원 / 유성호 홍용희 허희 신국판 / 값 15,000원

2024 '작가'가 선정한 오늘의 시 _ 하재연 「여름 판타지」 外
기획위원 / 유성호 오형엽 홍용희 신국판 / 값 15,000원

【 '작가'가 선정한 오늘의 소설 】시리즈

【 '작가'가 선정한 오늘의 영화 】시리즈

2006 '작가'가 선정한 **오늘의 영화** _ 이준익 감독 〈왕의 남자〉 外
기획위원 / 강유정 김서영 강태규   신국판 / 값 9,500원

2007 '작가'가 선정한 **오늘의 영화** _ 김태용 감독 〈가족의 탄생〉 外
기획위원 / 강유정 이상용 황진미   신국판 / 값 9,500원

2008 '작가'가 선정한 **오늘의 영화** _ 이창동 감독 〈밀양〉 外
기획위원 / 유지나 강태규 설규주   신국판 / 값 10,000원

2009 '작가'가 선정한 **오늘의 영화** _ 장훈 감독 〈영화는 영화다〉 外
기획위원 / 유지나 전찬일 강태규   신국판 / 값 10,000원

2010 '작가'가 선정한 **오늘의 영화** _ 봉준호 감독 〈마더〉 外
기획위원 / 유지나 전찬일 강태규   신국판 / 값 10,000원

2011 '작가'가 선정한 **오늘의 영화** _ 이창동 감독 〈시〉 外
기획위원 / 유지나 전찬일 강태규   신국판 / 값 12,000원

2012 '작가'가 선정한 **오늘의 영화** _ 이한 감독 〈완득이〉 外
기획위원 / 유지나 전찬일 강태규   신국판 / 값 12,000원

2013 '작가'가 선정한 **오늘의 영화** 윤종빈 감독
_〈범죄와의 전쟁 : 나쁜 놈들 전성시대〉 外
기획위원 / 유지나 전찬일 강유정   신국판 / 값 12,000원

2014 '작가'가 선정한 **오늘의 영화** _ 봉준호 감독 〈설국열차〉 外
기획위원 / 유지나 전찬일 강유정   신국판 / 값 12,000원

2015 '작가'가 선정한 **오늘의 영화** _ 2015 김한민 감독 〈명량〉 外
기획위원 / 전찬일 홍용희 이재복 강태규 손정순   신국판 / 값 14,000원

2024 '작가'가 선정한 오늘의 시

2024년 12월 10일 1판 1쇄 인쇄
2024년 12월 17일 1판 1쇄 발행

지은이 | 하재연 외
펴낸이 | 孫貞順
펴낸곳 | 도서출판 작가
　　　　서울 서대문구 북아현로6길 50 (03756)
　　　　전화 | 365-8111~2 팩스 | 365-8110
　　　　이메일 | cultura@cultura.co.kr
　　　　홈페이지 | www.cultura.co.kr
　　　　등록번호 | 제13-630호(2000. 2. 9.)

기획위원 | 유성호 오형엽 홍용희
편집 | 손희 설재원 박영민
디자인 | 박근영 오경은 이동흥
영업 · 관리 | 이용승

ISBN 979-11-94366-14-0 (03810)

값 15,000원